KLIFI

WOEDE IN DE REPUBLIEK NEDERLAND

ROMAN

ADRIAAN VAN DIS

KLIFI

WOEDE IN DE REPUBLIEK NEDERLAND

ROMAN

Uitgeverij Augustus
Atlas Contact
Amsterdam · Antwerpen

Omslagontwerp Nanja Toebak, naar een idee van de auteur

Illustratie van de auteur door Floor Rieder

Vormgeving binnenwerk en zetwerk Suzan Beijer

Drukkerij Wilco

ISBN 978 90 254 7086 9

D/2021/0108/521

NUR 301

www.adriaanvandis.nl

www.atlascontact.nl

MIX
Papier van verantwoorde herkomst
FSC® C004472

What have they done to the earth?
What have they done to our fair sister?
Ravaged and plundered and ripped her and bit her

JIM MORRISON

People have always had different opinions.
Now they have different facts.

ANNE APPLEBAUM, *TWILIGHT OF DEMOCRACY*

Er zouden tientallen boten klaarliggen om
Nederlanders naar de overkant te brengen.
We zijn met duizenden.
Onze boten bezwijken bijna onder het gewicht
van de mensen.
Er glijden lichamen over de randen van de boten.
Er keren boten terug.
Met levenden en doden.
Waar is de overkant?
Er is geen overkant.
We drijven verder.
We spoelen over de hele wereld aan.
Niemand zit op vluchtelingen te wachten.
Gelukszoekers.
Zo worden we genoemd.

ANNE VEGTER, *DE OVERKANT*

Klaar voor de sprong

Om deze roman te kunnen schrijven is mij door de uitgever een aantal documenten ter hand gesteld met het verzoek een waarheidsgetrouw beeld te geven van gebeurtenissen die nog zullen plaatsvinden. De beschreven personen hebben – voor zover nog in leven en voor zover zij nog geboren moeten worden – ingestemd met de verandering van hun namen en woorden en samen met de auteur een sprong in de tijd gemaakt.

EEN

GELAND

Wat is ✂: 57 passages. Niemand die het mist, alleen de schrijver.
Wat is doorgestreept en veranderd moet worden: ~~orkaan~~, ~~weggooimensen~~, ~~klimaatvluchtelingen~~, ~~opstand~~, ~~arrestantenbussen~~, ~~onlusten~~, ~~schieten met scherp~~ (te veel om bij te houden).
Wat vereist is: letterlijke citaten van de president in **RODE HOOFDLETTERS**. Redevoeringen in Romeinse cijfers. Herhaling, herhaling.
Wat moet worden gecontroleerd en met de *juiste* feiten gestaafd: aantal doden na overstroming, schade aan thoriumreactoren, windmolens, storingen op internet, radio en televisie.
Waarover valt te praten: de titel.
Waar niet over valt te praten: [redacted].

Jákob Hemmelbahn zag de strepen en streepte mee. Hij wist precies wat er onder het zwart geschreven stond. Alles wat hij had opgetikt hamerde in zijn hoofd, waaierde voor zijn ogen.

Een stem had zich gemeld. Een stem die hem

zijn zinnen influisterde – vals vleiend, dan weer grommend.

Pas je aan. Je moet bouwen, niet breken... Vlei en overwin.

Een beest was het: het hijgde in zijn nek, klauwde aan zijn arm, krabde aan een regel die niet beviel, aaide bij een raak beeld. Een tik, een zetje hier, een stootje daar. Jákob was de prooi, er werd met hem gesold. En zo levend en zo luid... al hadden zijn oude oren niet goed verstaan met wie hij te doen had. Poema zou hij hem noemen, want hij loerde als een roofdier, besprong hem onverwacht en was speels en brutaal: *Je loopt beroerd. Je bent meer wandelstok dan mens. Ben je niet te oud voor dit avontuur?*

En als hij tegensputterde, hoorde hij hem spinnen: *Respect, man. Wie debuteert er nog op zijn vierentachtigste?*

Jákob pulkte nerveus aan het verband om zijn rechterwijsvinger – de wond onder zijn nagel klopte.

Poema snoof eraan. *Wat heb je daar? Flink ontstoken nog... wel een handicap voor een schrijver.*

'Alleen bij het neuspeuteren.'

Niet bij het schieten?

Een en ander was uitgelekt. Het geheim waar Hemmelbahn tegen vocht en dat hij alleen aan zijn dagboek had toevertrouwd. Hij trok geërgerd zijn hand terug.

Rustig, we komen hier samen uit. Mijn voorstel: ontsmet je woorden als een wond, hou het klein, maak van de ramp een incident.

'En al die doden dan, en die honderden daklozen?'

Overdrijf niet.

'Het halve land stond onder water.'

Nu is het weer droog. Niemand zal je geloven.

Poema scrolde door de tekst. Jákob scrolde door de tekst. Zinnen lichtten op. Poema spiegelde in het scherm. *Je drinkt te veel, men zal denken dat je tekst in een delier is geschreven.*

'Ik huldig het onfatsoen.' Zo flink als Jákob soms kon zijn, zo bang ook omdat Poema z'n poot telkens op pijnlijkheden wist te leggen.

Het zou wijzer zijn de firma Laphroaig niet bij naam te noemen.

'Hebben die het gelezen?!'

Woorden zingen rond.

'Maar dat is schandalig!' Hemmelbahn hapte naar adem. Nee, hij zou zich niet laten uitdagen.

Je noemt hun whisky gif.

'Een lekker gif.'

Ironie is voor de elite.

Poema opende ook Jákobs digitale post. *Ontving je die mail van het Waterschap?*

'Hij zit in de prullenbak.'

Je beschuldigt een openbaar lichaam van nalatigheid.

'Nee, van moord.'

Dat zouden we verbeteren.

'Er zijn talloze illegale huizen in de uiterwaarden gebouwd. Iedereen heeft jaren de andere kant uit gekeken.'

Wij spreken over democratisch beleid, de inwilliging van de wensen van de meerderheid.

'Er was niet eens een herdenking.'

Herschrijf het.

'Zo lang heb ik niet meer.'

Wil je nou een boek of niet? Het land is blij met elke schrijver. Ook oude schrijvers. Al is het hout nog zo dor, buig mee.

Zo werkte dus de NationaleLeesUnie. Een met veel tamtam opgericht instituut dat het lezen moest bevorderen om 'de geestelijke én materiële welvaart van het volk' te stimuleren, zij het binnen de grenzen van de nieuwe orde: gezond, vaderlands en krachtig. Vrolijk en opwekkend als het even kon. Geen fatsoenlijk schrijver wilde er iets mee te maken hebben, maar ook wie de LeesUnie negeerde werd erdoor achtervolgd. Niet omdat de censor schrapte – het idee van dreiging was genoeg: de grootste censor was de schrijver zelf. Wilde je uitgegeven worden, dan kon je het spel maar beter meespelen. Halsstarrige schrijvers die voor eigen beheer kozen, verdwenen naar de onderste plank van de toch al kwijnende boekhandel. Voor de webwinkels waren dissidenten geen verdienmodel. De gelijkgeschakelde kranten negeerden dwarsdenkers. Maar Jákob vond zichzelf geen denker, laat staan een dissident, daar was hij te klein voor, te meegaand van aard. Te onbelangrijk. Toch had hij wel wat te vertellen en wilde hij zijn boek koste wat het kost publiceren: een verhaal over ontkenning, woede en opstand. En nu was de klus geklaard. Af, maar de twijfel zeurde. Boek... een te groot woord. Boekje was beter. Het typoscript zwierf al weken ergens in de cloud; hij had ook een kopie naar een uitgever gestuurd en in het angstig wachten op een gunstig antwoord, kwam ineens die Poema op de proppen. Hij plaagde Jákob al dagen. Vooral achter zijn laptop – zoals nu, dat zachte krabben op zijn knie, die trapjes in zijn kruis.

Daar houden we toch van? Vers vlees.

Nu was het Jákob die gromde.

Heb je er weleens aan gedacht wat je moeder van dit boek zou vinden?

Jákob keek uit het raam. De vrijheid riep.

Ze zou zich voor je schamen!

TWEE

SPELING IN DE HEL

Oktober was een wrede maand geweest. Een orkaan verraste Nederland. Jákob maakte de ontwrichting van nabij mee, hij hoorde de rivier buiten zijn oevers razen en zat dagen in het donker. Pas na het luwen van het ergste onweer zag hij de schade in zijn toch al verwaarloosde streek. Zijn terp bleef gespaard, maar nog geen kwartier rijden van zijn huis was een dijk doorgebroken en een heel dorp weggespoeld, een dorp dat iedereen De Kuil noemde en dat op geen enkele kaart stond. Geen landelijk journaal of grote krant besteedde er aandacht aan. Als de drenkelingen niet voor zijn deur hadden gestaan, als het leger niet gewonden en lijken naar zijn erf had gebracht en er geen tenten in zijn uitzicht zouden zijn geplaatst, als de soldaten niet zo bruut waren opgetreden, als hij niet zelf iemand miste die door het water gegrepen was – ach, dan was zijn sluimerende woede mogelijk niet gewekt. Maar nu kon hij niet anders: deze leugen moest worden bestreden.

De ontheemden raakten hem: hun verzet, hun

overlevingsdrang en aanstekelijke getiktheid. Zijn verontwaardiging dreef hem naar zijn schrijftafel. Nederland mocht hier niet van wegkijken. Hij dacht aan een pamflet: *Aanklacht* moest de titel zijn – hoewel, dat riekte te veel naar *J'accuse*. Hij koos voor minder pretentie: *KliFi*. Een naam die de jeugd moest aanspreken én een steek onder water naar de klimaatontkenners.

Al schrijvend had hij het niet kunnen laten ook zijn gal te spuwen over het veranderende Nederland. Liep het geestelijk klimaat niet evenzeer gevaar? Niet zo slim misschien want de president had lange tenen en de tijd was er niet naar, maar Jákob was het aan zichzelf verplicht, aan zijn achtergrond, zijn ouders. Hij moest het loodzware zwijgen doorbreken.

En nu was het boekje af en lispelde Poema in zijn nek, het monster met de denkbeeldige viltstift en schaar: *Zoek speling in de hel. Kijk er nog eens naar. Wik, weeg, zoek een middenweg, daar ben je goed in.*

Jákob boog zich voor de zoveelste keer over zijn typoscript. Hij streepte door. Herschreef, verplaatste passages. Poema speelde met zijn onzekerheid, hem negeren was misschien beter geweest, maar het kietelde ook Jákobs ijdelheid om met een kwaaie lezer in gesprek te gaan.

Misschien moest hij om te beginnen de titel veranderen: *KliFi*. Geen mens begreep dat het de afkorting voor KlimaatFictie was. Bovendien schrok het woord ‘klimaat’ veel lezers af. Ook Poema zeurde er voortdurend over: *Je wilt toch serieus genomen worden, of schrijf je sciencefiction?*

Om de president te paaien zou hij een citaat uit een van zijn redevoeringen als motto kunnen opnemen – een vals compliment aan een man die de opwarming van de aarde afdeed als fictie: **HET LITERAIR GENEUZEL EN NAVELSTAREN LIGGEN ACHTER ONS. HET IS DE TAAK VAN ONZE SCHRIJVERS DE WERKELIJKHEID ONDER OGEN TE ZIEN EN DEZE MET VERBEELDING TE BESCHRIJVEN. DE TIJD IS RIJP VOOR EEN NIEUW SOCIAAL REALISME.**

(Redevoering LXVII*)*

Jákob had het nog maar net opgetikt of hij voelde een 🐾 op zijn schouder: *Titel akkoord*. Hij veerde ervan op – zie je wel: als je het uitlegt, kom je verder. Wat was er realistischer dan een ramp en werkelijker dan de opwarming van de aarde? Hij schonk zich een stevige Laphroaig in en herlas zijn eerste hoofdstuk.

Wereldweergedicht

Geen pastorale. Het platteland is een fabriek. Stranden zijn geofferd aan de zee. Zonnevlammen vernietigen satellieten. Meteorologen voorspellen dodelijke stormen. Octopussen schuilen in rivieren. Termieten vreten kabels in metro Helsinki stuk. Zandstormen naderen Accra. Dongguan tast al achttien maanden in de smog. De huizen aan de westkust van Amerika zijn niet meer te verzekeren. Topjaar voor Groenlandwijn. Zij die later geboren worden, zullen met legendes leven: 90.000 kilo woog een blauwe vinvis, haar tong was zo groot als een nijlpaard, haar baleinen waren erebogen in de tuinen van walvisvaarders. Na regen in de savannen konden kinderen pootjebaden in de voetafdruk van een olifant. Het StaatsMuseum heeft een paar Friese doorlopers aangekocht. Nog drie hectare sneeuw in Canada. In Parijs werpen studenten barricaden op: Wij willen de bijen terug. Het is begonnen en niet te stoppen: de Turkse hazelnoot draagt geen vruchten meer, Humboldtstroom zes graden warmer, het mannelijk zaad verdort. Haar valt uit. Verdragen worden verknipt tot papieren pruiken. Op Kyushu sprong een bejaard echtpaar van het dak, nagezwaaid door de kleinkinderen. Waar droogte heerst regent het bloed ondersteboven de hemel in.

WAT ONS TE DOEN STAAT (schreef de president van Nederland): **DE LAATSTE DAGEN VOOR HET EINDE VAN DE WERELD NAAR WAGNER LUISTEREN.**

Grapje?

'Letterlijk.'

Je gooit je eigen glazen in. Respecteer de president. Stoot hem niet af, haal hem binnen. Maak een beter begin, schrijver!

Jákob deed sardonisch een poging:

Mooi weer

De weiden dampten in de zon. Nederland genoot van de heerlijkste zomer ooit! Zelden waren de nachten zo zoel, elke ochtend speelde een frisse wind in de bloezen en hemden van jong en oud, de straten roken naar Rome. Geen wolk aan de lucht. De rivieren fonkelden zilver.

Lyriek, je kan het.

Jákob streepte het door en schreef hardop zijn eigen waarheid.

Slecht weer

De wegen naar de kust waren afgezet, in de steden zaten de dagjesmensen wijdbeens op overvolle terrassen, maar de strandjes om de plassen en de meren in het binnenland bleven leeg. 42 graden, al weken achtereen. De blauwalg groeide ongeremd, drinkwater stond op rantsoen. De afvoerputjes roken naar zwavel en airco's loeiden dag en nacht. De ijslolly's waren uitverkocht.

Nederland verlangde naar koelte. En de koelte kwam. Tot verrassing van de weervoorspellers nam een zware storm, gevoed door een dampende oceaan, een onverwachte wending boven de Orkneys en stortte zich cirkelend op de Noordzeekust – de eerste orkaan in onze geschiedenis. Een woedend oog kleurde de hemel. Op slag verjoegen zware regens de hitte, stukken duin werden weggeslagen, strandtenten de lucht in geslingerd. Nog groter was de kracht van ontkenning: de president wuifde de eerste berichten weg als 'paniekzaaierij'.

Jákob klapte zijn laptop dicht, hij hoorde Poema zuchten. En hij had gelijk. De zinnen liepen niet, ze hadden het ritme van een wandelstok. Vloeiender moest het, stromend als het wassende water en zo nu en dan beukend, zoals de storm om zijn huis toen had geklonken. Hij had het allemaal gehoord, gezien, dat razende oog boven de vallei – paarszwart, bliksemend –, en ook de angst van de spreeuwen had hij beschreven, hun roepen en kwetteren, het verzamelen van klein grut en hoe ze naar een schuilplaats zochten onder zijn verweerde dakpannen.

Jákob liep naar zijn terras. De spreeuwen verzamelden zich al voor de borrel. Pindatijd. Ze tripten om zijn luie stoel. Als hij heel stil zat, durfden ze zelfs om zijn gevoelloze voeten te dansen.

De brutaalste, een vrouwtje, bijna roze van de spikkels, gaf een rukje aan zijn veter – mooi touwtje voor haar winternest. Ze zong: *'Laat je niet kisten, Jákob. Hou je rug recht. Geef geen centimeter toe. Verleid je Poema.'*

Poema verstond geen spreeuwentaal, wel fluisterde hij Jákob na het tweede glas nog wat ideeën in: *Tem de orkaan tot een flinke storm. Spaar het achterland. Hoos hier en daar en laat een duif met olijftak op de schouders van de president landen.*

Er was een derde glas whisky nodig om die laffe stem weg te spoelen.

De volgende morgen vond Jákob een verrassend bericht in zijn telefoon:

NIEUWSBRIEF BUREAU PRESIDENT

WE MOETEN WEER GRENZEN ACCEPTEREN EN LEREN OM IN DE BEPERKING DE VRIJHEID TE ERVAREN. WE VECHTEN TOCH OOK NIET TEGEN DE GRENZEN VAN ONS MENSELIJK LICHAAM? ONZE SCHEDEL IS MAAR EEN KLEIN KAMERTJE. CRANIUM LIMITUM. WIJ HEBBEN ONZE GERINGE DENKRUIMTE TE ACCEPTEREN, HOEZEER ONZE

FILOSOFEN OOK HUN BEST DOEN ONS BREIN UIT TE DAGEN.

NEEM DE LITERATUUR, DAAR ZITTEN DE MEESTE KLAGERS. SCHRIJVEN KAN NIET ANDERS DAN EEN GEVECHT ZIJN: EEN GEVECHT MET HET WOORD, DE GRAMMATICA, DE VORM. STRIJD IS DE VADER VAN DE KUNST. ZONDER GRENZEN GEEN CULTUUR. HET KANAAL IS CULTUUR, NIET DE OCEAAN. HET PARK IS CULTUUR, NIET HET OERWOUD. SCHRIJVERS GEDIJEN NIET ONDER APPLAUS, MAAR ONDER TEGENWERKING! ZONDER VRIJHEID IN GEBONDENHEID GEEN GROTE LITERATUUR.

Doe er je voordeel mee.

'We zullen zien wie er wint.'

WAT POEMA METEEN WILDE SCHRAPPEN: JÁKOBS MENING OVER DE PRESIDENT

Onze president is een nar, geen intellectueel neemt hem serieus en daarom is zijn invloed zo groot. Alles wat maatschappelijk hoog staat, maakt hij verdacht – al ging hij prat op zijn eigen corporale deftigheid. Maar dat was spel. Alles was spel. Hoe durfde iemand te beweren dat hij tegen vluchtelingen was? **DE GOEIEN MOETEN WORDEN OPGEVANGEN. SPREEKT VANZELF. MAAR VULLIS STUREN WE TERUG.**

En wie lacht er niet om zijn grappen: **VULLIS? HEB**

IK 'VULLIS' GEZEGD? DAT MOET EEN VERGISSING ZIJN. BRILJANTE MENSEN ZIJN HET – IN HUN EIGEN WOESTIJN.

Al zijn grappen zijn op het internet te vinden. Kende u deze al? **WAT HEBBEN JULLIE TEGEN MOOI WEER? AMSTERDAM WORDT BORDEAUX. KOOP EEN KORTE BROEK. WEET JE WAT! IK ONTWERP ER EEN. TRANSGENDERPROOF.** U hoeft de advertenties maar aan te klikken.

Of deze: **GROENLAND WAS GROEN, TOEN WIT EN NU WEER GROEN. KOOP ER EEN LAPJE GROND. INVESTEER IN VERANDERING.**

Politiek is theater. Ondermijnen een kunst.

De president presenteert zich graag als een bevlogen idealist. Hij wil zijn onderdanen verheffen met schoonheid: wij kennen zijn eerherstel van het Openbaar-Kunstbezit en wie waardeert zijn boekenbonnenactie voor scholieren niet: 100 euro per trimester. Kunst is een staatszaak geworden: repertoiretoneel wordt gesteund, de *Gijsbrecht* is weer terug! Orkesten die piep-en-knarsmuziek uit hun programmering weren, kunnen rekenen op subsidie. Duizenden verveelde Nederlanders zijn uit de files voor de meubelboulevards geplukt en naar de staatsmusea gejaagd. De grijze bussen stonden klaar. **KUNST IS NIET ELITAIR! DIE GEBOUWEN ZIJN ER OOK VOOR JULLIE.** Iedere bezoeker kreeg een van zijn boeken.

Wat telt is zijn populariteit, de hits op zijn website, de tienduizenden opgeheven duimpjes onder de filmpjes die hij de wereld in stuurt. Kijk even mee: de president leidt een groep rond in het Stedelijk Museum – klikklak over het parket, *coffee to go* in de hand: **JONGENS, ZEG EERLIJK WAT JE ERVAN VINDT.** Aarzeling, gegiechel. En dan: hakkelende durf. Lef, en tientallen meningen. Al wat lelijk wordt bevonden keert de Grote Gids ter plekke om. Meeste stemmen gelden. Hup! Daar kiepert hij een mud aardappelen de Arte Povere-zaal uit. Joseph Beuys' *Fettecke in Kartonschachtel* draagt hij eigenhandig naar buiten en laat hij onder luid applaus in de fik steken.

Arm Nederland, niemand durft nog te experimenteren. Toneel dat als moeilijk of obscuur is bestempeld is naar de schuifdeuren verbannen. Avant-garde verdacht. De staatstelevisie vertoont alleen volle zalen. Wat zeuren de critici? Voor het eerst sinds lange tijd kunnen kunstenaars weer behoorlijk rondkomen. Komt er publiek naar de musea en concertzalen, is het weer niet goed!

De weinige keren dat het ongenoegen toch een stem vindt in de krochten van een aangepast internet, worden de protesten afgedaan als *stuiptrekkingen van een snobistische elite die niet wil delen.* Waar vroeger de zwijgende meerderheid zich ongehoord en ongezien achtte, mag onder deze president een beklemde klasse hetzelfde ervaren.

Mag ik [redacted] *Of zal ik* ✂✂✂✂ *Of zullen we* *~~doorstrepen~~?*

Poema popelde.

Jákob liep naar zijn boekenkast en gooide het enige boek dat hij van de president in huis had in de papierbak. Meneer kon in de versnipperaar. En Poema ook. Amateur of niet, een Hemmelbahn liet zich niet censureren. 'Blijf met je klauwen van mijn proza af' – hij zei het luid, schreeuwde het voor het open raam. Zijn stem echode over de uiterwaarden. Wat een held. Zo snoer je een tegenstander de mond. Poema rilde, maar ging er niet vandoor. Hij bleef een luisterend oor, een lezend oog, een wezen dat Jákobs tikkende hand bewoog. Maar ook een gespreksgenoot en kwaadaardige vriend die zijn eenzaamheid verjoeg.

DRIE

LUID VAN STEMMEN

Jákob Hemmelbahn was bijna vijftig jaar bibliothecaris geweest en had vaak schandalige schrijvers moeten verdedigen. Hij had de meningen over seks zien veranderen, het schrijven over kleur en kolonie. En telkens probeerde hij de steeds mondiger lezers ervan te overtuigen dat een bibliotheek ook ruimte aan dwarse denkers moest bieden. Je moest zuinig zijn op mensen die uit de maat liepen. Dus waarom dat schunnige boek in de vitrine lag? Omdat het geschreven was. En die racist in de folder *Nieuwe Aanwinsten* was geen racist maar stelde lastige vragen. Hoe haalde hij het in zijn hoofd een delinquente rapper in de Boekenweek uit te nodigen? Heet dat leesbevordering? Ja. En neem er kennis van. Of niet.

Hemmelbahn stond zich er lang op voor een susser te zijn, een bruggenbouwer. Erger nog, hij was een theedrinker geweest. Had sloten thee met gekwetsten, betweters en querulanten gedronken. Je moest mensen laten uitrazen. Lang leve het vrije woord. Zijn oordeel werd wijs en mild genoemd, zijn geduld voorbeeldig. Wat kon hij goed luisteren! Al kwam het hem goed uit dat hij de laatste jaren steeds dover werd.

En nu was hij dus zelf een schandalig schrijver, klem in het beklaagdenbankje. Om een boekje dat nog gedrukt moest worden. Maar al gromde het nog zo vanbinnen, hij mocht de confrontatie niet uit de weg gaan. Verplaats je in je tegenstander! Een mooi voornemen – maar het ging hem steeds moeilijker af.

Nadat zijn vrouw Agnes bij het oversteken op een zebrapad voor homo was uitgescholden ('Ik ook al!' riep ze vlak voor ze door een e-bike werd geschept), hinkte ze met het gips nog om haar enkel naar een makelaar. Ze was de Randstad beu. Het kostte weinig moeite Jákob over te halen hun huis te verkopen en in het achterland van hun pensioen te gaan genieten. De agressie op straat, de drukte, de zelfgenoegzaamheid van al die geslaagde mensen en het wegduwen van de armen naar de buitenwijken – ze konden het niet meer aanzien.

Ze hadden elkaar in het boekenvak ontmoet, leesclubs opgericht, taalles gegeven aan asielzoekers, zich ingezet voor bibliotheken in kwetsbare wijken, maar het ene filiaal na het andere was wegbezuinigd, en solidariteit een verdacht woord geworden. Je mocht ook solidair met jezelf zijn. Het individu vieren, je identiteit uitventen – als je er geen had verzon je er maar een. Iedereen verschanste zich in het schuttersputje van zijn eigen gelijk. Het virus van de boosheid had zich in vele hoofden genesteld. Jákob en Agnes merkten het ook in hun eigen vriendenkring. Veel gemopper aan de borreltafel: je mocht niks meer zeggen, het onderwijs verkommerde, politici lazen nooit een boek en lieten zich ringeloren door de waan van de dag. Het parlement was een doorgeefluik van emoties geworden. Sociale media dicteerden de toon van krant, radio en televisie. Onfatsoen ging door voor eerlijkheid.

Hun vrienden kwamen steeds minder vaak langs en het was onduidelijk wie wie vermeed. Ze hielden het maar op de kanteltijd. Ook zo'n modewoord. *Fuck it all.*

Dus op naar het barre achterland. Ze huurden een huis op een hoge terp – een stuwing uit de ijstijd, met uitzicht op een rivier en een vallei. Geen dag zonder zonnehoed en factor 50-crème. Ze verfraaiden hun tuin, kregen eelt op hun handen, vuile nagels en stortten zich op het wieden van de Japanse duizendknoop – een invasieve exoot. (Deden de zuiveraars daar maar eens wat aan!) Om te integreren abonneerden ze zich op de lokale krant en woonden ze de inspraakavonden bij. (Moest dat nou, al die weiden vol zonnepanelen?) Hun progressieve lijfblad bleef steeds vaker ongelezen en daarmee namen ze ook een beetje afscheid van een complexe, ingewikkelde wereld: de opwarming van de aarde, de overbevolking, de vuile strijd om grondstoffen, dictators die de toegang tot water voor het eigen volk opeisten, de stijging van de zeespiegel en een niet te stuiten stroom klimaatvluchtelingen. Ze vonden het allemaal heel erg, maar het zou hun tijd wel duren.

Ze leefden in bescheiden weelde en dovende wellust en schonken zich menig glaasje in. Het eerste, klokslag zes uur, bij voorkeur buiten op het terras, in het licht van een laaghangende zon boven blinkend water. Maar na een week of wat begon hun uitzicht pijn te doen: ze zagen de rivier verkleuren en krimpen en hoorden de rijnaken janken in de smalle vaargeul. De alpengletsjers voedden de delta nog maar mondjesmaat en de dijken achter de uiterwaarden barstten van de droogte.

Agnes en Jákob zochten op het internet naar boeken over rivieren. Ze konden het niet laten, dingen opzoeken, feiten verzamelen – het was een halve eeuw hun vak geweest. En nu zouden ze hun uitzicht lezen. Honderden titels rolden over het scherm. *Alles stroomt* was de eerste aanschaf, een titel die Jákob vanwege zijn waterzuchtige voeten dubbel aansprak. *Alles wijkt en niets houdt stand.* Vast en zeker. Hup, in de winkelmand. En doe ook maar het veelomvattende *Water als levensbron.* Agnes hield het bij *Het groot rivierenboek.* Voor ze het goed en wel beseften stroomde hun boekenkast vol. Het kostte ook niks. Hele bibliotheken werden opgedoekt – bewaarplaatsen van het geheugen; computerwolken hadden die rol overgenomen –, met één muisklik uit te wissen. Agnes en Jákob verlustigden zich meer dan ooit in het ruisende papier en vulden hun dagen met geblader, elkaar voorlezen en het noteren van bijzondere citaten. Jákob repareerde de vouwen in wateratlassen en landkaarten. En als de horizon geel kleurde van de woestijnwind keken ze op naar de echte wolken en lazen daar verre bestemmingen in.

TIK OP DE VINGERS

Jákob en Agnes waren vóór de Grote Verandering verhuisd, toen het land nog luid van stemmen was en nuance schiftte tot haat. Het vertrouwen in de overheid was gering. Regels waren er om te overtreden. Half overwonnen virussen of niet, feesten zou je en je geilheid vieren. *17 miljoen mensen op dat kleine stukje aarde, die schrijf je niet de wetten voor, die laat je in hun waarde.* Tegelijkertijd verlangden de kiezers naar orde, muilkorven en een tik op de vingers. Ze waren andermans brutaliteit en hedonisme moe, doodmoe. De sterke mannen en vrouwen oefenden al voor de spiegel. De grootste ijdeltuit trad naar voren. Hij zei zulke malle dingen – *Mijn intellect is te groot voor de politiek, maar ik offer me op* – dat Agnes en Jákob zich niet konden voorstellen dat zo'n nar ooit een meerderheid zou verwerven. Na het lachen zagen ze hem almaar hoger stijgen in de peilingen – nog voor de verkiezingen riep hij zichzelf uit tot redder van het vaderland: *Schoonheid is mijn wapen.* Nederland zou weer het mooiste land ter wereld worden. Alle blokkendozen langs de snelweg afgebroken, de horizon hersteld. Een nieuwe gouden eeuw daagde. De toekomst lag in het verleden.

Na weken van massademonstraties en groteske verkiezingen veranderde het koninkrijk zelfs in de herstelde **REPUBLIEK DER NEDERLANDEN**. De Oranjes hadden er vrede mee. Hun overhaast vertrek was niet meer dan een rimpeling in de vaderlandse geschiedenis, al zorgden de smeulende kunstschatten in de paleistuin wereldwijd voor beroering. Toch was hun inhaligheid niet de ware reden voor de volkswoede. De president zag het anders: **DE KONINKLIJKE FAMILIE HEEFT ZICH VERVREEMD VAN DE AUTHENTIEKE NEDERLANDER. VOORAL HUN BETROKKENHEID BIJ ILLEGALEN EN HET GEZWIJMEL OVER VERBINDING VOEDDEN EEN BREED MAATSCHAPPELIJK ONGENOEGEN.** Voor het buitenland luidde de officiële lezing dat de Oranjes **OM HUMANITAIRE REDENEN** van hun taken waren ontheven. De prinsen en prinsessen leden al te zeer onder hun **NIET VERKOZEN ZICHTBAARHEID**.

De gouden kroon was afgeschaft, de gouden koets niet. De president had hem uit het museum gehaald en maakte er baldadige tochtjes met zijn vrinden in.

Een dag na de eerste Republikeinse Parade kreeg Jákobs vrouw een hersenbloeding en overleed. Zijn belezen Agnes, ooit uitverkoren tot boekverkoper van het jaar. Zijn wolkenlezer. Zo rossig en fladderend slank. Hij zocht haar in zijn uitzicht en miste haar wijsheid en geduld en haar schaar bij het knippen van de nagels van zijn dooie tenen. Zelfs de woekerende duizendknoop verlangde naar haar hand. Voortaan proostte hij tijdens het borreluur met een knikje naar de hemel – en als hij zijn pinda's met de spreeuwen deelde (ook die wisten hoe laat het was), zag hij in hun spikkelkopjes de sproeten van zijn Agnes. De brutaalste pikte met haar snavel tegen zijn whiskyglas: meer pinda's. Met haar sprak hij spreeuwentaal.

Jákob had in een van hun waterboeken gelezen dat rivieren je konden leren hoe verdriet en pijn los te laten: alles wat stroomt zoekt een weg naar beneden... én verdunt. Een wijze les van Confucius. Sindsdien baadde hij zich elke morgen tussen de kribben – weer of geen weer.

Zoals alle eenzame mensen begon Jákob steeds meer in zichzelf te praten. Hij las Agnes stukken voor uit de digitale kranten en ze waren het altijd vloekend met elkaar eens. Ook ging hij in debat met RadioNederland. Sprak de president laatdunkend over **KLIMAATHYSTERIE** – dan verbeterde Jákob het in *klimaatzorgen*. Grapte hij na het sluiten van alle asielzoekerscentra: **WE ZIJN WEER ONDER ELKAAR** – krijste Jákob: *Mag er een raam open!* Kwam de Nar klaar bij het woord **NATIONAAL** – ejaculeerde Jákob: *kosmopoliet.* **VERARMING?** *Verrijking!*

Alle taal is politiek, dat leerde hij als kind al, maar dat hij zich er zo over opwond baarde hem zorgen. Hij troostte zich met de gedachte dat het zijn geest lenig hield. Ergernis als middel tegen dementie. Of was het allemaal opgekropt verdriet? Hoe dan ook, zijn wanhopig schreeuwen kwam nooit verder dan zijn erf. Tot hij ontdekte dat zijn smartphone betere oren had dan hijzelf. Hoe meer hij tekeerging, hoe veelvuldiger zijn scherm werd vervuild door niet te blokkeren pop-ups met de laatste redevoeringen van de president.

Was het niet geweldig dat tegenwoordig elke Nederlander werd gehoord?

LAND VAN HERKOMST

Jákob Hemmelbahn arriveerde in november 1956 op tienjarige leeftijd samen met zijn ouders in Nederland. Zijn vader speelde een rol in de Hongaarse Opstand en zag zich na de Russische inval gedwongen het land te verlaten. Veel herinneringen had Jákob niet aan hun vlucht – koud was het, en erg ver lopen. De lichtkogels van de grenssoldaten flitsten nog lang na in zijn kinderdromen. Holland was een land waar hij niet meer hoefde te fluisteren, waar 'uit zelfbescherming' niet langer in geheimtaal over 'goede mensen' en 'verkeerde mensen' werd gesproken. De gedachte dat verzet ook spannend was en kleur had gegeven aan zijn grauwe jongensjaren stond hij zichzelf pas later toe.

De verpletterende dankbaarheid van zijn ouders, het verlies van hun bezittingen en status, de waterige Hollandse groenten (waar was de room, het sausje met bloem, de paprika?) én dat iedereen vroeg: 'Waar kom je vandaan?' (zijn eerste Nederlandse zin) – dat alles had zijn wereldbeeld beslist beïnvloed, maar Jákob liep nooit met zijn verleden te koop. Hij omarmde zijn nieuwe land en verwaarloosde zijn Hongaars – wel hechtte hij zeer aan het streepje op zijn naam. Na een jaar kende hij al tientallen gedichtjes uit zijn hoofd (*Dag mooie kamer licht-van zon! Nee! zei de kamer, ik bén geen kamer, ik ben salon!*) en kon hij de kaart van Nederland blind uittekenen; de Tachtigjarige Oorlog werd hem als scholier vertrouwder dan de *kaiserliche und königliche* geschiedenis van de dubbelmonarchie. Al stonden er twee vluchtkoffers boven op de slaapkamerkast, Nederland was een veilig thuis.

Met politiek had hij nooit enige bemoeienis. Daar werd je maar opstandig en bitter van, zoals zijn vader, die met een transistor voor het open raam luisterde naar dissidente stemmen. De donkere blik en gebalde vuisten waarmee hij de kranten las hadden zijn jeugd overschaduwd. Zo'n vader sprak je niet tegen. Sussen, ook toen al. Hij liep als puber op zijn tenen van begrip. Jákob had in zijn hele leven maar één keer gedemonstreerd, toen hij de schrijvers steunde in hun strijd voor leenrecht: *Wij schrijven niet voor Jan Lul!* Heel keurig. Actie geslaagd – na tien jaar delibereren.

Jákob had vertrouwen in het poldersysteem.

Tot de Nar ging regeren en nagenoeg het halve land ineens braaf binnen de lijntjes liep, zich schikkend in hokken en vakken. Zijn aanhang vond het geweldig: hun man! Eindelijk orde op zaken.

Veel intellectuelen en opiniemakers zwegen, bang voor elitair te worden versleten, murw gebeukt door aanhoudende verwijten van culturele hoogmoed en zelfbevlekking. De sociale media filterden en stuurden. Een onzichtbare hand trok aan de touwtjes. Politieke satire verdween van de televisie (algemene instemming). De geest ging op slot. Het lijfblad van de progressieven was naar een digitaal mopperhoekje verdrongen. Jákob herkende het zwijgen en het buigen uit zijn Hongaarse jongensjaren. Hij balde zijn vuisten bij de afkalving van vrijheden, net als zijn ouders destijds, die aan tafel smalend spraken over het laffe meelopen, de inkapseling, het zich voegen, de misselijkmakende gehoorzaamheid van journalisten – lakeien van de macht.

Voor het eerst hunkerde Jákob naar verzet, naar onvoorzichtigheid. Hij was al eerder besmet met het boosheidvirus, maar het verlangen naar daadkracht werd steeds groter – het klopte achter zijn slapen. Kon hij zijn vader nog maar om raad vragen. De held.

Van ergernis en opwinding werd Jákob jaren jonger.

DE PRESIDENT IS EEN RENAISSANCEMAN

De republiek mocht zich gelukkig prijzen met een genie aan het roer: schrijver, denker, componist, musicus, architect én **TOT VREUGDE VAN SCHAREN EN SPELDEN**: modeontwerper. De president was dol op uniformen. De muisgrijze pakken van zijn VaderlandseGarde haalden zelfs de internationale glossy's. Vooral de bies – de gele bies – werd bejubeld.

Een jaar na de dood van zijn vrouw had Jákob kennisgemaakt met deze grijze garde. Een nieuw verschijnsel in de nog jonge republiek. Welkom ook, want het land had overweldigend gestémd voor vaderland en orde. Zo voorkomend en beleefd als die gardisten waren – keurige muisgrijze heren. Ze stonden netjes in de rij voor de literaire avond in de lokale bibliotheek, hadden hun eigen kaartje gekocht en vroegen de voorzitter van de leeskring gespeeld onderdanig of de leestafel nog ruimte bood voor de laatste boeken van de president. Gesigneerd.

Maar natuurlijk, wat een eer. De heren konden er zeker van zijn dat het lokale talent zich van zijn beste kant zou laten zien.

Jákob vond het niet veel soeps. Tot een jonge meid de show stal en op klompen haar gedichten danste. Wervelend. Poetryslam in klepperritme. Ze maakte grappen over de president. De zaal schrok zich rot. Ze prees de mannen van de VaderlandseGarde: 'Ik ben nog nooit zo lekker gefouilleerd.' Zenuwachtig gegniffel tot aan de achterste rij. Bij haar vijfde slam vielen het geluid en het licht uit. Een van de grijze mannen verzocht de aanwezigen de bibliotheek te verlaten: brandgevaar. Niemand protesteerde, een enkeling kon een paar druppels gal kwijt op de sociale media, maar geen krant besteedde ook maar een regel aan het voorval.

DE MEDIA GENIETEN DE VRIJHEID ONZE VADERLANDSEGARDE TE MOGEN GEHOORZAMEN (grapje van de president).

WIE KWAAD ZAAIT

Het optreden van de VaderlandseGarde had een zaadje in Jákobs hoofd geplant. Dagenlang liep hij mompelend rond en componeerde meesterlijke ingezonden brieven die geen digitale krant zouden halen, maar hem wel uit zijn slaap hielden. Bekaf van beheersing stommelde hij dan midden in de nacht naar zijn laptop om een gierende onrust te ordenen. Sinds zijn aankomst in Nederland hield hij een dagboek bij, maar zijn handschrift was zo onleesbaar geworden dat hij zijn intiemste gedachten al jaren aan de cloud toevertrouwde. Hij tikte, tikte en kroop met twee vingers naar zijn kinderjaren, naar het gedempte tikken van zijn vader die in een tent van dekens, met zijn hoofd als stok, achter een schrijfmachine zat, naar het stencilen van zijn moeder in de bezemkast. Wat moest een mens zich laten welgevallen, hoe ver ging je mee? Hoe lang hield je je mond? Zijn vader had uiteindelijk het lef gehad zijn stem te verheffen... En meer dan dat.

Als Jákob na het luchten van zijn innerlijk tumult nog niet kon slapen en zelfs een aangelengd glas Laphroaig (net thee) niet hielp, zocht hij troost bij zijn favoriete dichters. Maar ook zij lieten hem steeds vaker in de steek. Zijn woede zocht een andere grammatica. Muziek hielp in de vroege uren ook geen barst. Frank Zappa een beetje: *A mind is like a parachute. It doesn't work if it is not open*. Hij swingde op de rand van zijn bed en prevelde in zijn wanhoop de wiegende gebeden die zijn moeder hem had geleerd, maar de god van haar volk hoorde zijn schreeuwen niet. Stokdoof. Hij blies het stof van de Boeddha, die met zijn wijsheid sinds de dood van Agnes op het nachtkastje sufte: Adem in, adem uit. Slechte gedachten leiden tot slechte daden. Wie kwaad zaait, zal in het kwaad leven. Als andere mensen zich slecht gedragen, zal ik daar niet aan meedoen. Een mantra. Driemaal daags voor te nemen.

Hij viel elke nacht met gebalde vuisten in slaap.

VIER

ORKAAN ONDER DE SCHEDEL

Poema kon , [redacted] en ~~doorstrepen~~ wat hij wou, Jákobs herinneringen aan de ramp zaten veilig in zijn cranium limitum. En anders wel opgeslagen in zijn telefoon. Nog altijd bewaarde hij een foto van het NL-alert: *Hevige regens. Windkracht 12 of meer. Blijf binnen. Sluit ramen en deuren, vermijd balkons en daken. Nadere instructies volgen.*

Hij was ermee naar boer Kees gelopen, die in zijn tuin kluste en druk in de weer was met de duizendknoop en aangewaaide bamboe. Had ie die rare lucht ook gezien? Storm? Maar dat zwarte, kon dat geen brand zijn? Boer Kees maakte zijn vinger nat en stak hem in de lucht: geen geur, geen smaak, behalve van zweet. Hij knoopte zijn hemd los. Drijfnat. ‘Bbbbliksem... als ik stotter krijgen we bbliksem.’

Jákob stelde een pauze voor. Tijd voor thee. Hij schuifelde naar de keuken en sprak zichzelf hardop moed in: ‘Regen is goed voor het land.’ Boer Kees legde zijn hemd op de meidoornhaag te drogen en keek bezorgd naar de tollende wind in de uiterwaarden – daar beneden lag zijn boerderij, een bouwval met een moestuin. De spruiten waren nog niet geplukt, de kolen uitgeschoten en ook daar de bibberatie – een dekzeil waaide op, het lag er schraal en treurig bij, maar dat kreeg je als je buurman je meer betaalde dan je eigen veldje ooit opbracht.

De thee stond nog maar net op de terrastafel of de lepeltjes trilden in de glazen – en dat op stevige grond en stabiele poten. De spreeuwen vluchtten onder de dakpannen. Waar bleef de donderslag?

Een zwerm bijen landde op het natte hemd, ze zogen zich vol aan eerlijk zweet. Hommels leken het, groot en harig, maar het waren blauwzwarte houtbijen. Boer Kees liet er een op een takje kruipen en wees op de haartjes en de lange angel. 'Indringers, spanjolen gevlucht voor de droogte.'

Een misthoorn loeide. De mannen keken over de heg en zagen een boot dwars in de bocht van de rivier liggen. Boer Kees klapte het hek open en rende met bloot bovenlijf naar beneden. Jákob volgde met zijn wandelstok. Het huis dat hij huurde lag te hoog voor zijn benen. Toen hij en zijn vrouw het destijds vonden, nam hij de terp nog zonder problemen.

Bij aankomst beneden schrok hij van de schuimkoppen en de kolkende stroming. De schipper probeerde zijn aak in het midden van de vaargeul te houden. Kees stond met zijn voeten in het water en wees op het gevaar van de kribben. Het schip gehoorzaamde niet: honderd meter staal kraste tegen het basalt – een schreeuw en de aak schoof zich vast op de oever. De schipper stond als een dronkenman in zijn kajuit, zwaaiend met zijn telefoon. Zijn vrouw verscheen op het achterdek en moest zich aan de reling vasthouden. Ze haalde de was binnen – bh's en onderbroeken eerst. Boer Kees rende de terp op om een ladder te halen. De meeuwen doken weg tussen het oeverriet. In de verte joeg een boer zijn koeien over de dijk.

De struiken hadden hun schaduw verloren, het gras en de heuvels aan de andere kant van de vallei kleurden van groen naar donkerpaars. Een valwind scheerde over de uiterwaarden. Kees, die met zijn ladder kwam aangesneld om de schipper en zijn vrouw te ontzetten, kon zich met moeite staande houden. Zijn volle bruine haardos – verbazend lang voor een boer die zichtbaar niet om mode gaf – woei alle kanten op. Jákob nam een paar foto's van het opstandige water en liep langzaam terug naar huis – hij was te gammel voor reddingswerk.

In de keuken hoorde hij de spreeuwen rumoeren onder het dak. Hij zocht naar de vetbolletjes – die arme beesten moesten gerustgesteld worden. De deur klapte open, een opengeslagen boek viel van tafel. Boer Kees kwam binnen, gutsend van het zweet. De schipper en zijn vrouw hadden van geen redding willen weten: God had aan de wind gedraaid.

De mannen keken samen naar het tollend oog. God was een cycloop. Hij naderde. Hij bliksemde. Klopte aan de luiken. Kees was een en al stotter.

Ze schroefden de Laphroaig open. De eerste slok smaakte altijd naar rook, maar de strot brandde er lekker van los. Ze zetten de televisie aan. Storm en waterschade: zes windmolens in zee beschadigd, dakleien van het StaatsMuseum gewaaid, twee kerktorens in Urk door bliksem verwoest. 'Hiep hoi,' riep Jákob. Twee kostbare thoriumreactoren uitgeschakeld, waterzuiveringsinstallaties stilgelegd, trein- en vliegverkeer plat. Een kille tocht trok door het huis. Jákob haalde een hemd voor Kees uit zijn klerenkast. Gekleed was het beschaafder huiveren.

De televisie gaf een zucht en het scherm werd donker. De radio herhaalde een bandje van de calamiteitencoördinator: *Geen paniek. Zoek hoogste plek in het huis. Hang een wit laken uit het raam.*

Gaskraan dicht, apparatuur uit. Binnenblijven. Emmers met kraanwater vullen. Een tas met noodzakelijke kleding gereedmaken. Wacht op nadere berichten. Geen paniek.

Ook de radio viel uit. Ze zochten vloekend naar buitenlandse zenders. Zwak signaal. Stilte. Geruis.

Jákob ijsbeerde door de kamer. Een grote onrust maalde door zijn hoofd. Zorgen die hij niet met zijn buurman durfde te delen. Hij dacht aan zijn vriendin – zijn nieuwe liefde, een vrouw die bij de Jumbo werkte. Hij was daar met zijn wandelstok uitgegleden op een pas gedweilde tegelvloer. Een schappenvulster had hem overeind geholpen, bij de arm genomen en in de personeelskantine op een stoel gezet. Ze schonk een beker koffie voor hem in, poetste een lelijke vlek uit zijn broek... Talétha moest hij haar noemen – een naam met een sprongetje – net als de zijne. Ze was Armeense, mollig en doortastend, en woonde in De Kuil – een naam die Jákob toen nog niet veel zei. 'Ook uitgegleden, met paspoort en al,' grapte ze. 'Te buitenlands voor een baan bij de gemeentebelasting. Robots zijn betrouwbaarder. Maar ik ben vrolijk gebleven: robots kunnen niet lachen.' Ze keurde zijn hakken – 'Scheefgelopen.' Inspecteerde zijn sokken – 'Gat.' Fatsoeneerde de kraag van zijn overhemd – 'Wordt er wel goed voor je gezorgd?' Kneep in zijn tenen, vouwde zijn voeten samen en liet ze even bidden. Talétha had hem die middag heerlijk laten lachen – hij was het bijna verleerd. Als dank nodigde hij haar uit voor een glaasje na het werk. Ze kwam, ze dronk, bewonderde zijn boekenkast en ze lazen elkaars verlangens. Jákob werd op slag verliefd. Een jaar na de dood van zijn vrouw! Hij was zelfs weer hitsig geworden, op zijn drieëntachtigste. En hoe oud was zij wel niet? Zeker veertig jaar jonger. Maar zij was begonnen! Niet dat ze echt vreeën, Talétha en hij, ze aaiden en giechelden. Alles haperde onder zijn riem, maar ze kon opwindend drinken.

Een donderslag – de wolken braken open. Regen, eindelijk. Een roffel trok over zijn dak. Hagel ketste op het terras, de kastanjeboom kreeg een pak rammel en verloor zijn laatste blad. Dit was geen weer voor een poncho en een gammele fiets. Jákob stuurde het ene berichtje na het andere. Talétha had late dienst en moest onmiddellijk bij hem komen schuilen. Maar wat hij ook tikte, geen regel glipte door het onweer heen – al zijn berichtjes bleven hangen: *niet afgeleverd!* Hij probeerde niet aan De Kuil te denken – zo gevaarlijk dicht langs de rivier. Hij was er maar één keer geweest, om Talétha te verrassen, en hij was zich rot geschrokken van het zooitje ongeregeld dat er rondliep. Tatoeage verplicht. Talétha woonde in een houten huisje met een zinken dak. Zweeds bouwpakket. Stond in twee dagen, inclusief latjessauna. Het eerste wat hem binnen opviel was een koffer boven op de kast. Haar naam in vette letters naast het hengsel. Haar vluchtkoffer. Hij moest even aan zijn ouders denken. Talétha bezat maar twee boeken: een Nederlandse en een Armeense bijbel. Ook dat was schrikken. Ze had een kaars aangestoken en hem een stukje Armeens voorgelezen, donker en brommend. De eerste letter van het alfabet zou naar god verwijzen en de laatste naar christus. Je hoorde het er niet aan af. 'Wij waren het eerste christelijke land ter wereld.' Talétha zag het ongeloof in zijn ogen. 'Wees maar niet bang, ik zal je niet bekeren.'

Het moest wel bij dat ene bezoekje blijven: 'Anders worden ze jaloers.'

Na de zoveelste poging hetzelfde bericht te versturen viel Jákobs telefoon helemaal stil. Hij schonk een tweede whisky, een derde, vierde. Ze staken de haard aan, maar de schoorsteen wou niet trekken. De ramen trilden in de sponningen. Ze besloten de luiken te sluiten. Het hout huilde in hun handen. Een dakgoot wipte op. Boer Kees wou nog even naar zijn huis. 'Mijn geweer halen, straks komt dat Kuilvolk nog plunderen.'

Jákob moest hem naar binnen schóppen.

Het licht viel uit. Maar ook in het donker kon Jákob de fles nog vinden en na lang zoeken een doos kaarsen.

'Moeten we een tas klaarzetten?' vroeg boer Kees.

En dan? Waar zouden ze heen moeten?

Jákob stak een kaars aan en wiebelde naar de gang, misschien moest hij boven toch een en ander in veiligheid brengen. Hij zag geen hand voor ogen en tastte naar de trapleuning. Het huis kraakte vervaarlijk. Zou het dak het houden? Verder dan de eerste tree kwam hij niet. Te lam. Hij blies de kaars uit en viel in slaap.

Waterspatten maakten hem wakker. Het lekte. Jákobs broek was nat, hij kroop naar de donkere keuken, opende lades en tastte naar een zaklamp. Niet te vinden. Er lag een plas op het aanrecht, het luik was kapotgewaaid, een raam gebarsten. Hij sneed zich aan een scherfje glas en proefde whisky in zijn bloed – ook de regen rook naar whisky. Strompelend liep hij de zitkamer binnen. Boer Kees lag languit op de bank, mager en gespierd – slapende onschuld waar Jákob lang naar staarde: zo vreemd die vertrouwde buur en klusser... Kende hij hem eigenlijk wel? Nog halfdronken liet hij zich in een kuipstoel vallen, een bruinleren monster uit Agnes' studententijd; hij gleed er altijd uit, maar zijn lichaam was willig nu en krulde zich krakend op.

Twee broden in ontdooide staat, sardientjes, thee, reuzenpotten Nescafé, gecondenseerde melk, plakken chocola – fair trade –, twee dozen Laphroaig, voor een maand kapucijners, linzen en witte bonen in tomatensaus. En zes busjes paprikapoeder – met roest om het deksel. Jákob overzag zijn noodvoorraad. Ah, daar lag de zaklamp, achter de zeep – maar de batterijen waren leeg. Met paprika en bonen kwam je elke oorlog door. Een les van thuis.

Boer Kees dweilde de gang, hij wilde het dak inspecteren, maar kwam niet verder dan de schuur – de kastanjeboom was omgewaaid en had in zijn val het terras versperd. En waar was de auto? Die kon toch niet verdwenen zijn? Voor hij weer naar binnen vluchtte, struikelde hij over brokken schoorsteen naast de keuken, de bliksem lichtte hem bij: dakpangruis kraste onder zijn schoenen. 'Hoe...hoe ka...kan het dat de nacht maar niet ophoudt?' En die aan zijn oren vretende storm, die dreunende regen...

De kookplaat werkte niet. Dan maar witte bonen koud uit de pot.

Jákob controleerde de batterij van zijn telefoon en zette zijn laptop aan. Het internet gaf geen sjoege. Kees ruimde de keuken op, want al waren ze bevriend geraakt, hij bleef zijn klusser en kende zijn plaats voor dat tientje per uur.

De gecondenseerde melk werd met kraanwater aangelengd. 'Hoe wil je je koffie?'

'Schots,' zei Jákob.

Die dag leegden ze twee flessen.

WATER EN VUUR

Een dag later. De haard wou nog steeds niet trekken. Het liefst had Jákob de leren zetel opgestookt, maar de Pionier in hem wist nog hoe je flinterdunne reepjes van een stronk kon snijden en daarmee een vuurtje in een platte pan kon maken. Het knetterde zowaar. Het vlamlicht speelde op hun tronie. Jákob liep naar zijn boekenkast. Water, water en nog eens water. Stond er niet iets onbeduidends tussen, als kleine offerande aan het vuur? Hij bladerde door *Asian Rivers*. Akhurian, Vorotan, Aras, Hrazdan, Dzoraget... Armeense rivieren, tientallen. En dat in een land zonder zee. Hij verlangde naar Talétha. Zijn oog viel op een onderstreepte zin: De essentie van water is Liefde.

Iemand was hem voor geweest. Die bladzij offerde hij aan de kleine vlammen.
Hij was in jaren niet zo jaloers geweest.

De storm leek te luwen, maar de lucht bleef zwart. Het vuurtje doofde. De dagen bleven nachten, en de drank wiste de uren uit. Kees huilde om zijn moeder, een 'beste vrouw' die hem had leren bidden, maar hij wist niet meer hoe het moest. Even kropen de twee mannen in elkaars armen en prevelden kinderlijke woorden. Tot Kees zachtjes tegen Jákob aan begon te rijen – 'o mijn kacheltje, mijn kacheltje'. Jákob stak het pannetje met splinterhout weer aan. Licht dooft lust.

De laatste doos whisky werd opengescheurd. Nog twaalf flessen te gaan – één glas en ze waren weer dronken; de alcohol ging niet meer uit hun bloed. Ze keken uit het raam, luisterden naar het jankende dak – of waren het de spreeuwen? Tachtig gram veren en botjes, waar vonden ze houvast in een orkaan? Jákob bladerde door zijn *Groot vogelboek*, dat hem zoveel over migratie had geleerd. Geen woord over door onweer opgejaagde vogels, wel in de marge een aantekening over de stormen van het hart: *Het is beter voor de gemoedsrust de mus tot voorbeeld te nemen. Je beper-*

king te omhelzen en de kruimels van het kleine en nabije te verkennen.

Een mus! Zijn voeten verlangden naar adelaar. Vlieg op.

Dronken liet hij zijn vingers langs de ruggen ratelen: *The Way of Water and Sprouts of Virtue, Mare Liberum, Das Meer gegen das Land.* Ze aaiden een rood bandje: Marx & Engels, *Die deutsche Ideologie.* Jákob sloeg het open bij een vaantje en las Kees een stukje voor: *Er was eens een moedige man die er het denkbeeld op nahield dat de mensen in het water slechts verdronken omdat zij van het idee van de zwaartekracht bezeten waren. Als zij dit idee uit hun hoofd zouden zetten, door het tot bijgeloof, tot een religieuze voorstelling te verklaren bijvoorbeeld, dan zouden zij boven ieder verdrinkingsgevaar verheven zijn.*

Kees keek hem waterig aan. Hij hield meer van plaatjes.

Jákob liet hem de vergeelde platen van door water en droogte geplaagde steden zien. Ze bladerden door verre landen, verbaasden zich over tsunami's van ver voor de jaartelling. Ze zuchtten – de vlammetjes leefden ervan op. Vluchten voor het klimaat was zo oud als de mensheid.

'Wis...wist je dat de oude Egyptenaren dachten dat de aarde op water dreef, ze zagen hun wereld als één groot vlo...vlot.' Jákob begon verdomme ook te stotteren.

'Alles is water,' zei Kees zonder hapering. Een wijsheid waar ze lang van in het vuur keken. Twijfel knetterde binnen, maar buiten stroomde waarheid.

Jákob tikte op de zendertoetsen van de radio. Beet! Daar kraakte wat. Wagner. De president brak door: ***Alles is onder controle. Water stijgt, water daalt. Lex naturae. Wat de intoleranten ook beweren. Wij beschermen onze grootse beschaving. Wij zullen puinruimen. Ons gewortelde volk kan tegen een stootje. Wat stijgt zal ook weer dalen. Wij zullen herwinnen. Wij zullen herbouwen. Alles is onder controle. Water stijgt, water daalt. Dat is een natuurwet. Wat de linkse kliek ons ook wil wijsmaken. Wanhoop niet. Wij komen op voor onze beschaving.***

Ze hoorden de hoofdletters.

HERHALEN HERKAUWEN & HERHALEN.
HERHALEN HERKAUWEN & HERHALEN.
HERHALEN HERKAUWEN & HERHALEN.

Zeg het drie keer en het wordt waar.

VLUCHTKOFFER

Jákob drukte zijn voorhoofd tegen de ruit, likte het beslagen glas en zag zichzelf in het zuigende zwart: een bange jongen, samen met zijn ouders naast de radio. Luisterend naar de lastige taal van hun nieuwe land, zijn schoolatlas op tafel, twee decimeter van de Nederlandse grens maakten de Russen hun tanks gevechtsklaar, gedekt door rijen Dvina- en Tsjoesovaja-raketten. De bewijzen lagen uitgeknipt op zijn vaders bureau. De Vrije Wereld liep gevaar. De Beschaving. Grote woorden, ook toen, maar veel was gewichtig in die tijd. Het gevaar had één naam, één kleur. De grote gelijkmakers sleutelden aan de wereld, aan de taal, aan de geest. Volgens zijn vader liepen mensen met brillen en boekenkasten als eersten gevaar.

Zijn moeder was bang dat hun tuintje eraan ging: een bom, een wolk – en verschroeid was het gras dat Jákob wekelijks moest maaien, verwelkt de Oost-Indische kers, haar kwekerstrots (de buren vonden het maar raar dat ze de bloemen en zaden opat). De Russen konden het drinkwater vergiftigen! De jerrycans stonden al naast de douche. Ook de rijken keken vooruit en bouwden schuilkelders achter in hun tuin. En wat deed de regering? Een folder verspreiden met wenken voor de bescherming van uw gezin en uzelf:

Schuil bij luchtalarm in een kelder of onder de trap. Jákob moest zelfs het onderschrift bij de plaatjes voor zijn ouders vertalen. Ze hadden geen kelder thuis, alleen een keukentrap. De enige troost die zijn ouders zich konden veroorloven was Patria-scheepsbeschuit en luisteren naar de minister-president op een krakende radio. En nu sprak een eendere stem op een eendere radio over Bescherming en Beschaving.

Jákob liep naar zijn slaapkamer en haalde een koffer van de kast, een van de vluchtkoffers van zijn ouders. Hun namen stonden er nog op. Vroeger zat hun angst erin verborgen, vandaag zijn zekerheid. Zijn levenselixer. In zijn blijvende zoektocht naar boeken over water als levensbron was hij na de dood van zijn vrouw op een verhandeling over pentobarbital gestuit, een vloeibaar narcoticum dat in de veeartsenij wordt gebruikt. Een water waar zelfs je bloed van ging stilstaan! Vier slokken en je viel voorgoed in slaap. Einde verdriet, gegarandeerd pijnloos. Een dijk van een middel.

Met een paar goeie smoezen en een gevulde envelop wist hij twee flesjes bij de lokale veearts los te troggelen. Als ie het maar stilhield. Alleen het bezit al deed wonderen. Met de dood in huis was Jákob ineens anders naar het leven gaan kijken, opgewekter. Die twee flesjes hadden hem weer toekomst gegeven – liefde zelfs. De rolstoel verdween van de horizon. Dement zou hij nooit worden. Nee, dan liever een paar verlossende slokken.

Hij klapte de koffer open, draaide de dop van een flesje open en snoof even aan de dood. Zijn grafpapieren lagen er ook naar behoren bij (vak 2JK, rij 09, letter F, boven op zijn vrouw. Zou hij Talétha daar geen pijn mee doen?), in dezelfde envelop wat plakjes goud om de begrafenis te betalen en de akte van de jagersvereniging. Het enige diploma waar hij zich voor schaamde.

Niet lang na de dood van zijn Agnes stond hij boos naar die knallende mannen in de uiterwaarden te gebaren. Het geluid herinnerde hem aan de lichtkogels van de Hongaarse grenswachten. Hij wou ze wegjagen, maar raakte met ze in gesprek – sussen, sussen, plooien –, vroeg ze binnen voor een glas. Als stadsmens was hij altijd tegen de jacht geweest, maar sinds die mannen hem hadden laten zien hoe duizenden ganzen de naburige weilanden kaalvraten en volscheten, hoe herten en zwijnen de jonge aanplant vernietigden, begreep hij de zorgen van de boeren beter en met een beetje moeite het nut van jagers. Schieten, zijn vader had het gedaan – een verrader omgelegd, om tientallen levens te sparen. Jákob had zich laten overhalen lid te worden. Dan hoorde hij er als Randstedeling ook een beetje bij. Buitenlucht en oefening zouden zijn benen goeddoen, en misschien werd hij er kalmer van. (Wel dover, bleek later.)

Zijn eerste lessen op de 100 meterbaan waren een ramp. Het jachtgeweer trilde in zijn handen. Het kartonnen hert lachte hem uit. De zesde les schoot hij twee keer in de roos. Luchtte meer op dan hij had verwacht. Een FN 9 mm lag hem beter in de hand. Goed voor het genadeschot. (Iemand moest het doen.) Hij verruilde het karton voor levende have. Alle keren mis. Een creperend zwijn schoot hij recht in het hart, tot zijn schrik. Hij, die nog geen muis uit zijn keuken durfde te verjagen. Na een jaartje oefenen in het veld, een praktijkexamen (geweer en kogelbuks) en een psychologische test (altijd liegen, had zijn vader hem geleerd) behaalde hij zijn jachtakte en kreeg hij toegang tot een wapen. En nu sluimerde er een beulspistool in zijn koffer, keurig verpakt in een grijs foedraal.

Altijd stilgehouden voor boer Kees, die niks van 'hoge heren in groene jassen' moest hebben. Zijn nabuur sliep óók met een wapen op zijn kamer, het jachtgeweer van zijn vader. Zonder akte.

Jákob nam de koffer mee naar beneden en zette hem naast de deur in de hal, voor het geval dat. Terug in de zitkamer spoelde hij een koude oorlog weg. Rijtjes dreunden in zijn hoofd: 4 november 1956 – Russische inval Boedapest; Imre Nagy, de president van de opstand, opgehangen in de tuin van de gevangenis; kardinaal Mindszenty gevlucht naar de Amerikaanse ambassade, vijftien jaar zou hij er wonen; 200.000 Hongaren op de vlucht; Warschaupact; Politbureau; Suezcrisis; Spoetnik; *Dokter Zjivago*; Chroesjtsjov meppend met zijn schoen op een lessenaar; hamer-en-sikkelvlaggen in de koloniën; Patrice Lumumba vermoord; vliegtuig met Dag Hammarskjöld aan boord onder verdachte omstandigheden neergestort.

Zo lijdzaam en gehoorzaam als de mensen toen waren, zo arm en vol verwachting. O heerlijke, overzichtelijke angst.

En nu had hij zijn koffer klaargezet voor een apocalyps.

Jákob was geen klimaatfanaticus. Ja, zonnepanelen, soja, biologische knollen en nauwelijks vlees – hij hield zich braaf aan de oude regels, ook omdat hij het zich kon veroorloven. Maar hij was te oud voor zorgen over zwarte sneeuw in Siberië, afgebroken ijsschotsen ter grootte van Manhattan, resistente bacteriën en aasgieren boven Den Haag. Sinds hij op zijn terp woonde had hij hooguit naar de lucht gekeken en de rivier gevolgd. Gelukkig met de warmte als hij zwom, maar ook blij met elk spatje regen.

Voor boer Kees was het droge weer de schuld van doctorandussen uit Wageningen. Had ie van het journaal. Van politici moest hij nog minder hebben, alleen de president vond hij wel een geschikte peer: baas in eigen land. Ook Kees vond Nederland veels te buitenlands. Niet dat hij ooit een vluchteling had gesproken, maar de balkenbrij lag niet meer bij de slager en wat moest ie met quinoa en al die hummusmalligheid in de Jumbo? Jákob hield zich doof voor zijn gemopper, met buren sprak je niet over politiek. Verschillen dronk je weg. Maar dit keer stond Kees wankelend voor Jákobs boekenkast en wilde ie mooi weleens weten waar al dat water vandaan kwam.

Ze vouwden samen een atlas open en zochten naar de bronnen van grote rivieren. Jákobs vinger slingerde mee met de Donau en bleef hangen tussen Pest en Boeda.

'Heb je daar gezwommen?' vroeg Kees.

'Was het maar waar.'

'Is ie echt zo blauw?'

'Toen ik op school zat was het de vuilste rivier van Europa.'

Die nacht klapte Jákob stomdronken zijn laptop open en tikte in zijn dagboek: `Er zijn maar weinig dingen zeker op aarde: een hond keert terug naar zijn eigen kots, water is nat en vuur brandt`. Een zin die maar niet op het scherm verscheen. Wel drie keer tikte hij het op: *`Een hond keert terug naar zijn eigen kots. Ik ben die hond.`*

De batterij was leeg. Ten einde raad kraste hij het woedend op een kaartje.

SCHADE EN FAKKELS

Een bleke zon kleurde de morgen. De grauwheid leek verjaagd. Een spreeuw tripte op de vensterbank, zoekend naar haar vetbolletje. Ze zong niet, maar deed de wind na – fluitend zoals ie de laatste dagen onder de randen van het dak had geklonken. Jákob en Kees liepen het erf op. De tuin lag bezaaid met dakpannen, stukken schoorsteen, afgebroken goten. Het afdak was losgescheurd, het terras onbegaanbaar, de moestuin een modderpoel, geen boom stond meer overeind, van de auto geen spoor.

Jákob leunde zwaar op zijn wandelstok. De kerktoren in het dorp was verdwenen. Kees herkende zijn eigen landschap niet: wat was er met de rivier gebeurd? Zo breed als een meer. En de wilgen naast zijn huis? Een paar stompjes, meer niet. Dat afgewaaide dak, was dat zijn boerderij? Zag je dat blauwe dekseltje daar? Leek wel zijn trekker. Jákob probeerde hem te troosten, hij kon zo lang blijven logeren als hij wou. Morgen zouden ze de verzekering bellen. Hij sloeg een arm om hem heen, voelde een hunkerende rug en dacht aan andere dingen. Een helikopter vloog over en bleef lang boven de ondergelopen uiterwaarden hangen. In de verte ronkte een vrachtwagen, een ouderwetse dieselmotor.

De twee liepen gebroken naar binnen.

De ijskast rinkelde, het licht ging aan. De televisie deed het weer. Een ondergrondse woede stroomde de kamer binnen: klimaatrebellen waren uit hun schuilplaatsen gekropen en hadden midden in de nacht de villa van de president beklad. *Een laffe daad,* volgens de nieuwslezer. Het regeringscentrum was door legertrucks afgezet. De VaderlandseGarde droeg kogelvrije vesten. Fakkelmensen met witte maskers bestookten de bunkercomplexen van de superrijken. Ze dansten voor de camera's: *Get rid of the rich, get rid of the rich!* De grijze arrestantenbussen reden af en aan.

'Klimaatclowns,' zei boer Kees.

Zo leek het. Ze jongleerden met hun fakkels. Een journaalstem liet hen beter kijken: de demonstranten hadden hun gezichten met tandpasta ingesmeerd om zichzelf te beschermen tegen traangas.

De president stond met blauwe kaplaarzen in het water (tot de bies bij de kuit) en meldde dat *zijn* Deltaprogramma prima functioneerde: polders, noodbassins, stadions, parkeergarages vingen overtollig water op. Bewoners uit de ondergelopen stadsdelen waren naar hoger gelegen gebieden geëvacueerd. Hulde aan de grijze autobussen. De situatie in het rivierengebied zou zo spoedig mogelijk in kaart worden gebracht. Het leger was ingezet om de zendmasten te herstellen.

Het nieuwe volkslied klonk helder op.

RADIO BERLIN KWAM WEER DOOR

...wahrscheinlich sollten Teile der Niederlande aufgegeben werden... Das Eifelgebiet kann den Flüchtlingsstrom nicht bewältigen.

HELIKOPTERS EN HULP

Jákobs telefoon ging aan de lader – hij kreeg twee streepjes bereik. Talétha had nog op geen enkel bericht gereageerd, maar er zoemde wel een vertraagd bericht binnen: `Heb dienst vanavond, kom morgenmiddag. Gaan we`  `rijden?`

Hij antwoordde: `Ach lieve schat mijn`  `is gestolen! Of ben jij ermee vandoor?`

Zuchtend bekeek hij haar laatst opgestuurde filmpje: een Armeense zanger met hoefijzersnor. Hij belde haar nummer – geen signaal. Beluisterde haar laatste ingesproken boodschap: *Wil je de koelkast controleren?* (ijskast, fluisterde hij, het is ijskast, Talétha) *Ga kaaskijken, moet ik jokkert meebrengen?* Jákob kon er geen genoeg van krijgen. *Kaaskijken* werd poëzie. *Jokkert* lekkerder dan yoghurt.

En dat lachen op de achtergrond? De Jumbo?

Buiten donderden de laatste pannen van het dak, de kakkerlakken stoven weg. Er hing een helikopter boven het erf. Jákob en Kees haastten zich naar buiten. Een blikken stem vroeg of alles in orde was. De luchtmacht maakte de balans op. Gewonden? Die wrakstukken daar in de uiterwaard? Woonde daar iemand? Jákob wees naar boer Kees. Duimen gingen omhoog.

'En De Kuil?' schreeuwde Jákob.

De piloot kon hem niet verstaan.

'Huisjes, caravans, containers.' Zijn wandelstok wees naar het zuiden.

De piloot zwaaide en vloog door.

Een paar uur later kwamen er twee landrovers van de genie zijn pad op gereden. **WIJ BOUWEN IN VERTROUWEN** stond op het legergroen. Jákobs erf en huis werden gevorderd – de droogste plek in de omtrek. Zijn terp zou als noodkamp worden ingericht. In het dorp stonden de straten blank, de kerk was onbruikbaar. Bij de windmolens, naast de rivier, was een camping getroffen. Niemand had overzicht, de wegen naar de uiterwaarden waren onbegaanbaar. Vee lag opgezwollen tussen de containers. Reddingsploegen prikten met stokken in de modder op zoek naar vermisten.

De volgende dag werden de tenten uitgeladen, blikken benzine, een generator. Legertrucks reden voor. Soldaten zaagden de gevelde kastanjeboom in stukken en egaliseerden de tuin. Een hospik van de GeneeskundigeDienst stapte het erf op, gevolgd door een zwaarbeladen Rode Kruis-jeep. Een noodhospitaal werd ingericht.

De britsen waren nauwelijks uitgeklapt of een truck met drenkelingen reed voor. Ongeschonden kerels ondersteunden gewonde lotgenoten. Kleren kapot. Bruin van het slik. Verwilderde gezichten. Vrouwen met geschaafde rondingen zochten steun bij elkaar. De eerste lijken werden naar boven gebracht. Gapende monden vol modder trokken aan Jákob voorbij. Hij keek beschaamd naar de grond.

‘We hebben er minstens twintig gevonden,’ zei een jonge commandant.

Boer Kees hielp mee dekens uitdelen. Jákob was verbaasd te zien hoe aardig en behulpzaam zijn buurman was. Hij zeulde linnengoed, sleepte met kannen thee, liep met emmers water om mensen te wassen. In zijn zorgzaamheid viel hij terug op het dialect van zijn ouders, maar zijn gebaren waren grenzeloos. Na een middagje redderen en sjouwen speldde de commandant hem een rode band met gele bies om de arm. HulpDienst (ontwerp van de president). Kees glom van trots.

Jákob wist zich geen houding te geven. Hij maakte zich zorgen over de vieze voeten op zijn kleden. Reddingswerkers leunden tegen zijn boekenkast en soldaten met witte banden om de arm gebruikten zijn bank om bij drenkelingen DNA-monsters af te nemen. Zonder clementie. Ze telden, turfden, vroegen naar namen en vermisten, maar begrepen de helft van de antwoorden niet. Jákob probeerde tussenbeide te komen, suste de ergernis: 'Als mensen in de war zijn, vallen ze terug op hun ouwe taal, op de angsten uit hun jeugd. Laat ze tot rust komen, kunnen jullie die vragen niet later stellen?'

De commandant snauwde van ongeduld: 'Ze zeggen allemaal dat ze Nederlanders zijn maar we willen bewijzen. Hoe is dat zooitje hier verzeild geraakt?' Er waren Afrikanen binnengebracht, wat zochten die lui hier nog? Ze glipten er dus toch doorheen! En er zaten ook Russen bij, Roemenen, een Hongaar en Bulgaren. 'Wie spreekt die idiote talen?'

'Ja, het zijn zware tijden, ook voor jullie,' zei Jákob gespeeld onderdanig. 'Ik heb als schooljongen Russisch en Hongaars geleerd, misschien is er nog wat blijven hangen.'

Russisch?! Was meneer dan ook al een buitenlander?

Nee, nee, zijn voorouders, lang, lang geleden.

De commandant keek hem wantrouwend aan.

Jákob kreeg er klamme handen van – liegen kon ie, al viel deze leugen hem zwaar. Maar hij voelde ook dat er iets van hem werd verwacht. Solidariteit, van de nood een deugd maken, dus bood hij zijn schrijftafel aan: misschien kon hij helpen met vertalen en naar vermisten vragen. Orde in de chaos brengen. Iets kleins doen om het grote in kaart te brengen. Hij wees op zijn ervaring: 'Als bibliothecaris heb ik in systemen leren denken, ordenen was mijn vak.' Stroom had hij er niet bij nodig.

De spreeuw kreeg het laatste blikje gecondenseerde melk en kraaide drie keer.

VIJF

MENSEN AAN TAFEL

De eerste drenkeling die zich kwam melden, stelde zich voor als **Jan Viool**. Een wonderlijk licht omstraalde hem – zijn hoofd zat in het verband. Met zijn gele baard, aartsvaderlijke neus en rode deken over hoofd en schouders geslagen, leek hij uit een levend icoon gestapt. Hij sprak ook met een zwaar Russisch accent, toch stond hij erop als tukker te worden ingeschreven. Jákob herkende het meteen, maar toen hij hem in het Russisch een stoel aanbood, werd hij afgestraft. 'Ik speel wie ik ben: violist, tukker en katholiek.'

Jan Viool: 'Ik zat samen met mijn vrouw op het dak van onze caravan. De regen was een gordijn. Het water kraakte. We zagen andere caravans in een kolk verdwijnen, sommige draaiden zich wel twee keer om. Als ze zonken borrelde de grond geel op. Vroeger verboog je daar je schop in de klei. En er kwam van alles bovendrijven: plastic kommen, afwasteilen, een cello! Daar had ik mee te doen. Hij bonkte tegen ons huisje. Zijn laatste liedje.

Naast ons brak een elektriciteitspaal, onze klaagpaal: soms stroom, soms geen stroom. De vonken spatten over het water. Onze caravan raakte los in het water. Mijn vrouw wilde naar de buren zwemmen, die hadden een steviger huis en een hoger dak. Ik sprong haar na en toen viel het licht uit. De rivier was dol geworden. Het hagelde duiveneieren. Mijn vrouw kreeg het zo koud dat zij niet meer kon praten. Onze buren probeerden ons hun dak op te hijsen, maar het lukte niet. We waren te uitgeput. En toen dreef de priester voorbij, op een zinken dak, samen met een vrouw. "Geloof in je god!" riep hij.'

'Een priester?' vroeg Jákob ongelovig.

'Ja, een wonderlijk mens, maar we moesten het ermee doen.'

Jákobs pen stokte.

'Wat is er?' Jan Viool keek Jákob onderzoekend aan. 'Waar bent u bang voor?' Meneer Viool las mee: 'God moet met een hoofdletter.'

'Priester ook?'

'Graag, hij gaf ons grote kracht. Het water steeg en ik kon mijn vrouw het dak op duwen. Ik zat onder het bloed. Toen ik mijn handen in dankbaarheid vouwde schoot het dak los. Mijn vrouw gleed weg. God had een ander plan.'

Jákob verlangde naar een shot Laphroaig.

'Een vreemde arm heeft mij gered,' vervolgde

meneer Viool, ‘maar mijn eigen arm schoot te kort, mijn strijkarm. Gisteren moest ik mijn vrouw identificeren, ze hebben haar onder een trekker gevonden.’ Hij beet in zijn deken. ‘Nee, nee. Zo wil ik mij haar niet herinneren. Net zevenendertig – een Poolse. Ik ben blij dat ik haar straks een katholieke begrafenis kan geven.’

Jákob durfde niet naar de naam van zijn vrouw te vragen en schreef haar in als mevrouw Viool. De eerste officiële dode op zijn lijst.

Naar Talétha vragen vond hij ongepast.

Ook ene **Kano** drong bij Jákobs tafel naar voren. Ze was fraai gevuld en had een trotse houding – rechte schouders en sprekende, bijna zwarte ogen. De krassen op haar wang, het doorbloede verband om haar pols – het leek haar niet te deren. Ze droeg een smetteloos soldatenhemd en soldatenbroek waar de vouw nog in zat.

‘HulpDienst gaf mij twee broeken en één hemd. Ik vraag: “Waar is tweede hemd?” HulpDienst zegt: “Je moet uit tweede broek een rok naaien.” Vrouw moet rok. Terug slaat de klok.’

Kano was haar níéuwe naam, de oude had ze in het water verloren.

‘Nee, ik zeg mijn land niet, waar ik ben geboren, is niet voor vreemde oren. Veel van mijn woorden rijmen vanzelf. Ik goochel een vogel. Laat kraaien snaaien. De draden in mijn hoofd lopen zo. Ik rap in vijf talen. Kwam goed te pas de eerste jaren toen we nog allemaal samen waren en niemand elkaar verstond. Buitenlandse mond. Polen waren de eersten, later Roemenen, Afrikanen zoeken banen, Bulgaren en andere halvegaren. Allemaal gedeporteerd. Veel van geleerd. En nu zitten we met de onwenselijken van de president. Allemaal zonder cent. Maken ruzie over politiek. Doodziek. De kunstenaar deed te raar. De architect ontslagen, niet naar vragen. Allemaal beland in de slachterij. Bloed aan je hand, nooit meer naam in de krant. Twintig jaar geleden was het nog groen en het leven te doen. Dertig huisjes achter de dijk, 's avonds hoorde je de rivier stromen en het geronk van boten. Alles naar de kloten.'

Jákob kon het nauwelijks bijhouden. Brak haar af en vroeg naar vermisten.

'Twee jongens: Gai en Toa. Moeder dood. Vader onderweg verdwaald. Zo wordt je leven bepaald. Ze stonden zomaar bij het hek. Speelden stommetje en gek. Zonder etiketten in de kleren. De school nam ze zonder vragen aan. Ze konden heel goed leren. Met dicht oog kon toen nog veel. Maar ze zijn verraden. De president heeft goede oren voor dingen die niet horen. Wij hielden ze verstopt. Alle stempelaars gefopt. Ze dansten in hun boomhut toen de wolken openbarstten. Kuil rijmt op huil.'

Jákob schreef hun namen op de vermistenlijst: Gai, Toa.

'Kende u bij toeval Talétha?' vroeg hij zonder op te kijken, het lukte hem niet langer de vraag voor zich te houden.

'Wat wilt u van haar?'

'Niets, zomaar... eh, ik mis haar.' Hij wreef een ezelsoortje in zijn kaartje plat.

'Zij had een groot hart. Heel apart. Talétha heeft de jongens leren Bijbellezen. En mannen...' Ze slikte een rijmwoord in. 'Haar sauna stoomde tot diep in de nacht.'

Jákob keek haar verwond aan.

Kano hees snuivend haar soldatenbroek op. 'Maar ik heb haar niet gezien. Een kano heeft mij gered. Hij klopte aan mijn voordeur. Dobberend lag hij klaar. Instappen maar. Al peddelend heb ik alleen maar lijken ontweken en recht voor mij uit gekeken.'

Kano peddelde ook als ze liep. Pas toen Jákob beter keek, zag hij dat ze twee linkerschoenen droeg.

HENKIE ZEGMAAR

Henkie werd in de vroege ochtend tamelijk bezopen door twee soldaten naar zijn tafel gebracht. Een en al kreukel, broek, hemd, hoofd. Een schoen zonder hak en een hoektand verloren, mager als een jongen – al was hij dik in de veertig. Hij was betrapt bij het stelen van een paar blikken bier uit de legerkisten.

'Ik heb de bibber, zeg maar, soms moet ik iets drinken om te kalmeren, weet je wel. Maak je pen aan mij niet nat. Ik heb niks en ik mis niks. Ja, een gebroken arm, hoe ik daar nou aan kom... Links, de luiste van de twee. Kan ik ook missen. Staat mijn makker op je lijst? Ook nogal dorstig, zeg maar – Ronteltap. Hebbie die? Een zwemmer, alleen niet in het geld. Leeft net als ik van de niksigheid, zeg maar. Ik pakte een tak. Hij pakte mis. Heftig. Heel heftig. Weet je hoe ik me voel? Als een stukkie zeep, zeg maar. Elke dag minder. Schrijf me maar in voor de ziektewet.'

LIJSTJES EN WANTROUWEN
De eerste dagen schreef Hemmelbahn zijn vingers blauw. Tientallen mensen werden door de soldaten naar zijn tafel gestuurd. Hij kon niet iedereen verstaan, een Aziaat die een beetje Frans sprak en bij Allah zwoer dat ie een verdwaalde Belg was, lukte nog, maar wat moest hij met een Afrikaanse dekzwabber die ergens voor de kust van een vrachtschip was gesprongen? *Me good, me clean* – verder kwam hij niet. Jákob had zich voorgenomen alles te geloven, maar hij streefde wel naar ordening: namen, vermisten, leeftijden, geboorteplaatsen, verloren huisraad. Misschien nuttig voor de verzekering. Als hij 's avonds door zijn aantekeningen ging, streepte hij veel door. Vooral na het wantrouwen dat hij aan zijn tafel tegenkwam: *Voor wie werkt u? Bent u van het leger?*

Was zijn helpen dan heulen? Kon het kwaad wat hij deed? Hij nam zich voor zo veel mogelijk uit de buurt van de soldaten te blijven. Lastig, want hoe meer hij ze vermeed, des te nieuwsgieriger ze werden. Ze lazen nog net niet over zijn schouder mee. Na de tiende drenkeling besloot hij geen huidskleur of geloof meer te vermelden – tenzij mensen erop stonden of er zelf over begonnen. Hij mocht geen voer aan statistieken geven. De bibliothecaris in hem was gek op lijstjes maar hij haatte de indelingen van de republiek. Hij beschreef alleen de kleuren van kleren en haren en van het slik en zand op de lijken. Wel poetste hij de grootste taalfouten weg en liet hij soms een ver geboorteland door een zin schemeren, omdat hij er zelf zo van hield een vreemde taal te kneden.

Keek hij aanvankelijk beschaamd naar de grond bij de door de HulpDienst binnengebrachte lijken, na een dag of wat kon hij het niet laten ook hen met toegeknepen neus in te delen: dik, dun, tatoeage, beharing, hoe ze gevonden werden: met een tas in de hand geklemd, de afstandsbediening van een televisie in de broekzak. Vreemd genoeg droeg niemand sieraden. Wel zag Jákob een soldaat met drie horloges om zijn pols. Zijn pen aarzelde bij het binnendragen van een dode man, verstrengeld in een hondenketting.

Pompeï in de modder.

OVER HET ZWIJGEN VAN LIJKEN – EEN DAGBOEKAANTEKENING

Je kan zwijgen met open mond, ook als er een levende worm uit kruipt. Wie in de modder stikt wordt niet verstaan. Evenmin de schoongewassen lijken uit de rivier. Wie hoort ze onder water? Verdrinken doe je stil, zelfs als je je vastklampt aan een kind. Je zwijgt met een mond vol tanden, of zonder gebit. Het water is ruimhartig en laat alle grimassen toe: de verbeten trek, de vredige glimlach, de schreeuwer, de proever met tuitende lippen. Een enkeling zwijgt vol liefde in iemands armen. Of wijdbeens. Ook de vulva is een mond. Soms laat die boertjes – een laatste groet. De doden uit De Kuil vertellen allemaal een verhaal.

Verdriet stond voor zijn tafel. Wanhoop en gelatenheid. Jákob probeerde te luisteren, te troosten, maar bij een enkeling woedde een storm onder de schedel die met geen woord te bedaren viel. Zoals bij de man die hem lang aankeek... Stapje terug, stapje opzij – alsof hij Jákob met de ogen opmat. Hij pakte een beschreven bibliotheekkaartje van de stapel. 'Zo, een hond vermist? Je houdt het keurig bij!' Hij krabde aan zijn kruis, rook aan zijn hand.

'Waarmee kan ik u van dienst zijn?' vroeg Jákob.

'Waf, waf.'

'U leeft tenminste nog.'

'Geef me je colbert, we hebben dezelfde maat.'

'De HulpDienst gaat over de kleding.'
'Nou.'
'Straks.'
'Nou, ben je doof?'
Jákob zag de vuist. De gespierde schouders. Het gebrek aan nek. De brede kop. Hij voelde de ogen van de soldaten op hem gericht. Ze stonden klaar om de man af te voeren. Om de bruut tegen zichzelf te beschermen gaf hij ter plekke zijn jasje af.
Een klam jasje.

Drenkeling 19 stelde zich voor met een trap tegen de poot van zijn tafel. Een vrouw in een vuil hemd – ook zij weigerde haar naam te noemen. Na de tweede trap pakte Jákob een maagdelijk kaartje en beschreef haar uiterlijk: afgekloven nagels, zenuwtrek om de mond.
'Wat zit je daar te pennen, ambtenaar?'
'Ik noteer vermissingen.'
'Vermissingen? Jullie hebben me alles afgenomen. ALLES.' Ze krijste.
Twee soldaten kwamen aangerend.
'Gaat u toch zitten.'
'Nee, ik blijf staan.'
'Hoe kan ik u helpen?'
'Door naar mijn lied te luisteren.' In haar draai naar een denkbeeldig publiek griste ze Jákobs

vulpen weg en brak hem theatraal in tweeën. De inkt spatte over de kaartjes.

Ik heb over alles en iedereen gezongen,
Over blauw en ik hou van jou,
Maar nooit over mijn zoon,
Hij zwom.
Ik zong over doodvermoeide mannen,
Maar nooit over mijn zoon
Hij zwom.
Zijn ogen stil, in gaande zee,
Hij zwom.
Mijn zoon wil niet dat ik over sterven zing,
Hij was geen eind maar een begin
Hij zwom niet, hij zwaaide.

De vrouw zocht steun aan zijn tafel, haar woede was weggeëbd. Ze wankelde. Jákob schoof een stoel aan en schreef haar met trillend potlood in als **Mevrouw Negentien**. Haar zenuwtrek veranderde hij in 'droeve blik'.

Twee soldaten kwamen naast haar staan, dreigend en breed.

Jákob leunde naar voren, fluisterde zijn vragen: 'Hoe heet uw zoon? Hoe oud is hij? Wanneer zag u hem voor het laatst?'

Ze schreeuwde maar één antwoord: 'Tommie, Tommie, Tommie.' Vraag na vraag.

De soldaten maanden haar mee naar de tent te gaan. Grepen haar bij de arm, maar de vrouw klampte zich vast aan de stoel. De ene soldaat probeerde haar vingers los te pellen, de andere trok een witte lap uit zijn broekzak. Ze krijste, spuugde. Jákob schoot haar te hulp, maar werd teruggeduwd.

'Bek houden jij.'

Mevrouw Negentien werd met stoel en al afgevoerd, spartelend, prop in haar mond. Op naar de pillen en de spuiten van de hospik.

Jákob bleef ontdaan achter zijn tafel zitten. Hij verborg zijn lafheid door in zijn kaartjes te duiken. Ordenen. Niet nadenken: Gezin Koperdraad, twee kinderen. Vermist. Vader bekend bij VaderlandseGarde. Peter Tattoo, in leven gezien. (Herkenbaar aan hakenkruis op rechterhand.) Nooit aangemeld. Twee Syriërs gered. Onduidelijke status. Een Tsjetsjeense muzikant genaamd Kheda: als vrouw ingeschreven en volgens geruchten als man verdwenen. Jan Viool doet navraag.

Jákob streepte de nationaliteiten en de tatoeage door. De kaartjes vlekten in zijn handen. Toen hij weer opkeek, hadden de twee soldaten hun oude positie ingenomen; overbeleefd vroeg hij of ze de stoel terug konden brengen. Ze haalden hun schouders op. 'Gaande zee. Gaande stoel...' Iedereen was gek en stoelen hadden poten. Een label met een nummer om teen of nek hangen, dat was hun taal. Had hij maar iets van hun pantser.

Kano kwam nog helpen zoeken. ‘Stoelen wandelen nooit ver.’ Het was een excuus om even haar hart te luchten, dit keer nauwelijks op rijm, al kon ze haar voeten er niet bij stilhouden. ‘Ik weet niet hoe ik het zeggen moet, meneer Jákob, maar wij hebben allemaal te lang in gewriemel gewoond. De ene ellende trok de andere aan. Veel gekomen, weinig gegaan. Soms met acht in een container.’ De hakken van haar twee linker soldatenkistjes telden mee: een, twee, drie. ‘En nu deelt de hospik pilletjes uit. Zo demp je de opstand. Ik woon het liefste in mijn hoofd. Weet u dat ik zonder te landen in vele landen woon? In het geboorteland – zo mooi. In het oorlogsland – zo lelijk. In de vluchtlanden – geen idee waarheen. En nu al twintig jaar in hedenland – maar het wordt me steeds vreemder. Verstaat u mij?’

Jákob maakte elke avond de balans op, met een nauwkeurigheid en voldoening waar hij zelf van schrok: dood, gewond, gezond, vermist of verdwenen – want waar was de man die zijn jasje opeiste gebleven? Zo nu en dan kon hij een kaartje uit het stapeltje vermisten naar de levenden laten verhuizen, zoals Gai, die zwaargewond op een zandvlakte was aangetroffen – met het water meegerold als een kiezel uit een andere tijd. De commandant had het bericht doorgekregen: de jongen zou naar een ziekenhuis in Duitsland zijn vervoerd, niemand wist er het fijne van. Hun oude buurvrouw Kano liep verzenuwd om de computertent te drentelen. Was er niet ook een bericht over Toa binnengekomen? Gai en Toa waren onafscheidelijk.

Volgens geruchten zouden opgepikte drenkelingen zonder geldige papieren (en wie had die bij zich als hij halfbloot voor zijn leven zwom) meteen over de grens worden gezet. Alleen al een verdacht accent was goed voor de grijze bus. Er waren Kuilers in de Eifel gesignaleerd. Henkie Zegmaar ontving telefoontjes van kameraden uit Albanië.

Jákob overwon zijn weerzin, informeerde bij de commandant en stemde hem gunstig met een glas Laphroaig. *Zou het kunnen zijn dat... was de vrees gerechtvaardigd*... Beleefder kon hij zijn ongerustheid niet verwoorden.

'Wij delen uw zorgen,' zei de commandant, 'maar vergeet niet, de republiek heeft ook geleden. Het is onze missie de orde te herstellen.'

De grote schoonmaak was begonnen.

TWEEDE BEZOEK MENEER VIOOL

'Ik hoor zojuist van Kano dat u Talétha zoekt, dan heb ik verrassing voor u: ze staat op filmpje. Mijn telefoon is bij wonder droog gebleven.'

Meneer Viool speelde het af en daar zat ze, achter een schermpje vol spatten: Talétha op een drijvend dak, achter de priester. Jákob boog voorover (enge kop had die man), hij wilde het filmpje stilzetten om Talétha beter te kunnen zien. Haar bloes was gescheurd. Zat er bloed op haar borst?

'Blijf af!' riep meneer Viool. 'Viezerik.'

Hij liet ook een filmpje van zijn vrouw zien. Blond en beeldschoon. 'Had ik maar een sterkere arm gehad...' Hij rende snikkend naar de tent. Een paar minuten later keerde hij terug met een keukenmes en ging dreigend voor Jákobs tafel staan. Nog voor een soldaat hem kon overmeesteren, stak hij zich dwars door zijn mouw in zijn rechterarm. Het ging te snel om bang te zijn. Bloedend werd hij weggesleept. Zonder prop of lap. Jan

Viool liet een rood spoor na en jammerde: ‘Я могу только тогда быть рядом с ней, если я испытываю боль. Ik kan alléén dicht bij haar zijn als ik pijn voel.’

Buiten voor het keukenraam hoorde hij de soldaten hun hart luchten bij de commandant: ‘We zijn geen ziekenbroeders.’ ‘Ons land is geen gesticht.’ ‘Opruimen die handel.’

Jákob beet in zijn vuist.

Het lukte hem niet die middag nog andere mensen te woord te staan. Hij sloop met een versterkte thee en een bundel van Anton Tsjechov naar de tent – misschien kon een schrijvende dokter Jan Viool moed inspreken. Ach, wat lag ie daar versuft op zijn brits, zijn arm als een vreemde naast zich. Hij had een kruis in zijn vel gekrast, en nu brandde daar een teken. Een herinnering aan de arm waarmee hij zijn vrouw naar het altaar voerde, waarmee hij haar uit het water trok, maar ook een herinnering aan het uur dat hij haar liet glippen toen het dak kantelde. Een onwaardig aanhangsel was het. Nooit meer viool.

Ontdaan trok Jákob zich terug op zijn slaapkamer en liet zich achterover op bed vallen. Hij streelde zijn rechteronderarm – de plooien, de vlekken en zijn futloze ouwe haartjes. Hoe langer hij zich streelde, hoe vreemder zijn arm aanvoelde. Jákob plukte en kneep. Maar zelfs dat beetje pijn haalde zijn arm niet dichterbij. Harder. Zijn vel verkleurde van roze tot blauwpaars – tot zich een kleine bloeduitstorting aftekende: een eilandje pijn. Hij wilde een millimeter dichter bij meneer Viool uitkomen. Kon huid maar praten. Hij moest de pijn woorden geven. Beter naar de drenkelingen luisteren. Meer oog hebben voor wet en willekeur. Niet ordenen, maar inleven. Zijn lijstjes voldeden niet meer. De wereld behoorde te weten wat er op zijn terp gebeurde. De Kuil moest een boek worden. En hij, Jákob Hemmelbahn, zou het schrijven. Kwetsbaren portretteren, ze zelf aan het woord laten, hij was er vol van... maar het eerste stuk ging over hemzelf.

Schrijven is spelen

Nederlands was ooit mijn tweede taal en nu is het mijn eerste. Was ik vroeger gedrild in voorzichtigheid en zwijgen, in mijn nieuwe land moest ik leren mijn mond open te doen. Woordje voor woordje. De radio was mijn leermeester – ik praatte als een nieuwslezer. Vroegwijs en braaf. In de schoolbibliotheek ontdekte ik de poëzie, mooie en vaak onbegrijpelijke zinnen waar ik lang over moest nadenken. Dichters durfden meer met taal en namen ook meer vrijheid, ik aapte ze na en dat werd me niet altijd in dank afgenomen. Als ik mijn opstel wegens rariteiten weer eens moest voorlezen en de klas gniffelde om mijn langgerekte oooo's, werd ik net zo rood als het verbeterpotlood van de meester. Niet om de spelfouten, maar omdat ik mijn eigen zinnen niet begreep. Traag van begrip, schreef de meester onder aan mijn schoolrapport. Ik moest een jaartje bij hem overdoen.

Het heeft lang geduurd voor ik thuis was in mijn nieuwe taal. Maar nu ik eindelijk de weg weet en voor het eerst van mijn leven een boekje schrijf, woon ik in een republiek waar ik wéér op mijn woorden moet passen. Er is een huiver in mijn pen gekropen en al jaag ik hem elke dag weg, mijn mond is óók een beetje bang geworden. Klemtoon, hapering, pauze, het gebruik van ironie of overdrijving – ik moet goed nadenken over wat ik wel en wat ik niet kan zeggen; wat zijn de consequenties van mijn uitlating? Een handgebaar, opgetrokken wenkbrauw – alles wordt geïnterpreteerd. Fluisteren is onverstandig, om maar te zwijgen van het zwijgen.

De nieuwe voorzichtigheid heeft toneelspelers van ons gemaakt en ons leven is steeds meer theater geworden. Camera's volgen ons voor ons eigen bestwil. Telefoons en computers luisteren mee (de nieuwste televisie kan ook de kijker zien – *made in China*). Zelfs onder vrienden is het beter om over het weer te praten. Het mooie weer. Halve woorden worden slecht verstaan.

De geheimtaal is terug. En het erge is dat iedereen de waarheid kent.

Hoe handhaaft een schrijver zich in deze tijd? Door ondergronds te gaan. Mollen zijn blind en hun gangen slecht te volgen. Ze ontwrichten, maar een molshoop kan worden weggeharkt. De kracht van de Grote Gelijkmaker is sterk. Te sterk. En ik kan u verzekeren: het is stil beneden.

Wil men als schrijver echt rebelleren, dan is emigratie de beste oplossing. Of zelfmoord natuurlijk. Altijd een prima keuze. De mens is van nature suïcidaal: kijk naar onze omgang met de aarde. Veel schrijvers, gezegend met de juiste voelhoorns, gingen ons voor. O zeker, er zijn helden, dapperen, vooral onder dichters en essayisten. Onze Nobelprijswinnaar Arnon Grunberg was een moedig man, maar hij zag al vroeg in dat je beter een andere nationaliteit kon aannemen.

Ik ben te laf voor de dood. Te oud om te reizen. Ik speel voor Repelsteeltje. En mijn theater is een terp met zicht op een rivier. Wie aanspoelt krijgt een rol. Ik ben de regisseur, stel de lampen op en leg de kleren klaar. Zo spelen we de pijn die overleven heet en glippen we door de mazen van de nieuwe wetten.

JÁKOB APPT TALÉTHA

```
O liefje, ik ga een boek schrijven en
ben zo benieuwd naar jouw verhaal. Waar
```

zit je? Waar loop je? Er worden nog altijd mensen gevonden, gezond en wel. Misschien ben je gewond en lig je in een ziekenhuis. Ik heb je naam opgegeven. Iedereen zoekt je. En als ze je vinden hoef je me niet de waarheid te vertellen. Laten we er samen op los liegen. Ik wil je alleen maar gered weten. Meer niet. Ik hou van je. Ik hou van je geheimen.

KLAP VAN DE BLIKSEM

Een donkere schaduw boog over Jákobs tafel: **Boer Kees**. 'En nu ik! Je bent nieuwsgieriger naar die rare lui dan naar mij. Ik ben ook alles kwijt. Het water staat kniehoog om mijn huis. Wanneer komen ze daar eens prikken?'

'Wat zoek je precies?'

'Ik mis m'n geweer.'

'We regelen een nieuw.'

'En m'n broer.'

'Wat? Had je een broer?'

'Hendrik, twaalf jaar oud. Moeders lieveling: nummer 1. We noemden mekaar bij nummer. Hij 1. Ik 2. We scheelden vijf minuten. Altijd wedstrijdjes: oudste tegen jongste en andersom. Hij was er trots op twee keer wakker te worden, want we waren niet uit elkaar te halen. Maar dinsdagochtend 11 augustus 1998 lag hij spierewit naast me. Niet wakker te krijgen. Zo koud als ie was, m'n kacheltje. 1 had een klap van de bliksem gekregen. Buiten bij de pomp, na een stikwarme dag. Ik zat binnen met de bof en zie nog hoe ze hem de keuken in droegen. Moeder wild van tranen. Hij mankeerde niks, zei vader en toen hebben ze hem in ons bed gelegd. 1 was verbrand vanbinnen. Moeder heeft de dag na de begrafenis de haren uit haar hoofd getrokken – aan één kant. De andere kant bewaarde ze voor mij. Ze dacht dat ik ook zou gaan.'

Kees tikte op een bibliotheekkaartje. 'Zet hem ook op je lijst.'

'Wat een naar verhaal, man, waarom heb je me dat nooit eerder verteld?'

'Omdat 1 nooit bij me is weggegaan. Kroop elke avond mee in bed, ook na de dood van vader, toen ik naar het grote bed verkaste. Daar lag ie weer: 1. Hij kon door de muren van de kamers heen praten en plaatjes naar mijn oog brengen. Kreeg ik een por, moest ik kijken. Hield nooit op, zo klein als ie was, want hij groeide nooit groter hè, altijd twaalf gebleven, wou niks van me leren. Typisch 1. Als het laat werd en ik naar mijn radiootje luisterde, draaide hij de knop om.

En nou worden al die dooie jongens uitgeladen.

In elke vrachtwagen ligt er wel een. Spierewit, zoals op 11 augustus 1998.'

Jákob durfde zijn vriend niet aan te kijken en staarde naar een leeg kaartje.

MENSENKENNIS

De bibliotheekkaartjes stapelden zich op. Een verzameling aantekeningen over op drift geraakte mensen waar Jákob nauwelijks raad mee wist. Hoe moest hij ze beschrijven? Wat wist hij van ze? En hoe beschreef je het leven van iemand die niks wilde vertellen? Als hij zijn haastig opgetekende zinnetjes 's avonds op zijn laptop uittikte, gissend naar woorden en bedoelingen, probeerde hij ook iets over hun karakters te zeggen. Het moesten mensen van vlees en bloed worden. Invoelbaar. Wat zochten ze in De Kuil, wat dreef ze? Hoe hielden ze zich staande? Zoveel vraagtekens.

Omdat hij het ordenen toch niet kon laten besloot hij de overlevers cijfers te geven. Zoals zijn ouders vroeger deden als ze spraken over hun vlucht uit Hongarije (alleen in november, de maand van hun ontworteling). De man met de grote bek die van angst in zijn broek poepte, kreeg van hen een 9 voor dikdoenerij; de vervelende vrouw die de groep ophield door te klagen over een loszittende schoenzool, een 8 voor zeuren; de roker die iedereen in gevaar bracht door een sigaret op te steken toen ze in totale duisternis langs de grenswachten slopen, een 10 voor egoïsme. Vooral de verhalen over de lastpakken waren Jákob bijgebleven. Het waren zijn eerste lessen in mensenkennis. Misschien kon hij ze met zijn lezers delen. Tegenspoed als leerschool. Want wie kende zichzelf in het uur U?

NUMMER KEES

Ook het leger hield van ordening: DNA, naam, adres en met foto en al de computer in. Maar de datacentra haperden: te weinig stroom. Omdat de overlevenden veelvuldig met hun namen goochelden, besloot de commandant elke tentbewoner een nummer te geven. Tevergeefs: nummers werden uitgeruild of omgedraaid, vrouwen wisselden van rok of broek, mannen schoren baarden af of lieten snorren staan. Bloederige verbanden verhuisden van ledemaat. En dat alles om te ontkomen aan gedwongen verhuizing, omscholing of erger: uitzetting.

De behulpzame Kees werd ook ingedeeld: dakloos, Nederlander – nummer 41. Hij protesteerde: áls hij een nummer moest dragen, dan nummer 2. Bovendien moest hij naar een brits in de tent verhuizen en zijn logeerkamer bij Jákob opgeven. Daar ging de commandant slapen.

Jákob kon er niks tegen inbrengen, hij had niets meer op zijn eigen erf te zeggen.

Het water in de uiterwaarden zakte sneller dan verwacht, de dijken kregen hun contouren terug. De resten van wat ooit Kees' boerderij was geweest lagen te dampen in de herfstzon. Een herfst van gemiddeld 22 graden.

'Laten we naar je huis gaan.' Jákob wilde zijn voor de tweede keer verjaagde nabuur moed inspreken. 'Je weet nooit wat we nog vinden.'

'Maar je kan nauwelijks lopen.'

Boer Kees had gelijk, de drukte en de drank hadden Jákob geen goed gedaan, zijn voeten pasten nauwelijks in zijn laarzen; het was een heel gesjor om het rubber over zijn kuiten te krijgen.

'Ik steun op jou,' zei Jákob.

De mannen glibberden de terp af. Jákob kneep Kees in zijn arm en Kees kneep Jákob. 'Zo liep ik ook met me broer,' zei Kees.

De uiterwaarden lagen vol huisraad, planken, zonnepanelen, landbouwplastic, een enkele matras en ach... een step, een barbiepop – strooigoed van de orkaan. Aan opruimen was de provincie nog niet toegekomen.

Kees liep direct naar zijn tractor, die gekneusd

op zijn zij lag, wielen in de lucht – hij klopte op de blauwe motorkap. 'Jou gaan we oplappen, kameraad.' Hij pinkte een traan weg. Van zijn boerderij stond alleen de voorgevel nog overeind, dak, zijmuren en achtergevel waren ingestort en gedeeltelijk meegesleurd. Kees wrikte een stuk leuning los, zocht naar restanten trap. 'Daar boven lag me geweer. Waar zou het bed wezen?' Hij prikte tussen de stenen en trok een steelpan uit de modder.

'Die nemen we mee,' zei Jákob.

'Ik zou niet durven,' zei Kees, 'hij was van m'n moeder.'

'Toch een mooi aandenken?'

'Ik wil helemaal niet aan d'r denken, ze heeft jaren rondjes om ons huis gelopen, tot ze werd weggehaald. Ik heb d'r nooit op mogen zoeken. Maakte d'r helemaal wild. Ze dacht dat ik haar nummer 1 was.'

Hij gooide de pan met een boog van zich af. Jákob liep erachteraan, verloor zijn evenwicht en zocht steun bij een halfronde muur om zijn laarzen te fatsoeneren. Kees kwam naast hem staan. 'Weet je waar je tegenaan leunt? Hier zat de pomp waar 1 werd gebliksemd.' Zijn vingers zochten naar een koperen rand, een granieten plaat kwam vrij. 'Nog diezelfde week gesloopt door mijn vader.'

Luchtbelletjes ontsnapten om hun laarzen. Hun ogen zochten naar meer vertrouwde sporen maar de rivier was te gulzig geweest en had een nieuwe bedding gevonden.

'Ik denk dat nummer 1 is verdwaald,' zei Kees.

Jákob veegde iets vaags van zijn wang.

'Je zou een mooie broer wezen.'

Ze knepen elkaar in de arm, heel vertrouwd. Maar Jákob trok zich los.

Broer wezen... woorden die doorzeurden. In zijn dagboek schreef Hemmelbahn: `Ik moest op mijn tong bijten om niet iets gemeens tegen Kees te zeggen: Broer? Ja, voor een tientje per uur. Het loon van een knecht. Achter mijn glimlach zit een man met kwaadaardige gedachten.`

EEN HERINNERING

Doen alsof is een overlevingsstrategie – een van de vele lessen van een vader en moeder die zich staande moesten houden onder een communistisch bewind. De kleine Jákob leerde het al jong: hij hield zich doof als er schimmen aan de brievenbus klepperden, blind als hij gestommel in de hal hoorde, al telde hij stiekem hoeveel vreemde hoeden en sjaals er aan de kapstok hingen. Verbannen naar zijn kamertje, verzon hij gezichten bij de gedempte stemmen in de verduisterde zitkamer. Verzetsheld onder de dekens – maar zo bang. Op een avond werd hij wakker van een klap op het parket. Hij sloop naar het trapgat en zag een man een grote stok uit een jas rollen. Een paraplu? Nee, een geweer. En nog een. De houten kolven glommen in het kleine ganglicht. Zijn vader streelde de geweren, fluisterde en liep het donker in. Jákob hoorde een kastdeur kraken.

O, die bange nacht alleen. Hij zag voor zich hoe hij werd opgepakt en weggesleept. Zijn vader naar een werkkamp, zijn moeder uitgejouwd.

De volgende morgen durfde hij niet naar die vreemde geluiden te vragen. De bezemkast zat op slot. Zoonlief had niets gezien. Niets gehoord. Hij wist toen nog niet dat zwijgen over een geheim je zo eenzaam kon maken. Angst was je intiemste vriend. Angst kon je slecht delen.

JÁKOB APPT TALÉTHA

`Liefje, ik verlang zo naar je warmte, je ademende heuvel onder het laken. Ik mis je troost na een bange droom die ik me nooit wilde herinneren en hoe we dan lepeltje-lepeltje lagen te praten. Mijn handen om je ferme borsten. Nee, je` bent niet te dik. Al je vlees is gras en al je goedertierenheid als een engelenbazuin. Een nachtbloem. Zoek maar op in je bijbel. Nam je die mee op je vlucht? Ik lees en herlees onze appjes. Ik kan niet genoeg naar onze foto's kijken: jij tussen de bamboe. Jij tot je middel in de rivier. Jij met een egel in je handen. Ik kruip in je lach, je lenigheid, je uitzicht. Ik kietel je onder je badpak. Ik ruik je, hoor je stem, je voetstap. Jouw kijken wordt mijn kijken. De egel prikt in de palm van mijn hand.

HET ZACHTE EN HET SCHERPE

Jákob luisterde elke morgen naar de Duitse radio. Stiekem, op zijn telefoon, voor het raam, zoals zijn vader vroeger naar Radio Free Europe luisterde – verlangend naar een vonk waarheid: *In den großen Städten der Niederlande sind Klimaunruhen ausgebrochen.* De commandant kon het niet bevestigen, maar een paar uur na het nieuws kwam een grijze bus de helft van de soldaten ophalen. Opgeruimd staat netjes. Maar wie veegde nu het slik? Wie prikte in de modder? Geen nood: drenkeling of dakloos, iedereen werd aan het werk gezet. Protesteren had geen zin, ervandoor gaan nog minder. Elke morgen, na het appel – een idee van de commandant, die maar slecht kon tellen –, verzamelde zich een armzalig groepje en werden de bezems uitgedeeld. Kano, Kees, Jan Viool, Henkie – ondanks hun kapotte armen –, zelfs Mevrouw Negentien – wijde pupillen en praterig – kreeg een bezem in haar hand geduwd. De hospik had haar een pil gegeven. Ze hoopte haar zoon te vinden. De paden op en vegen maar.

De eerste dag kwamen ze gebroken terug, bruin en geel van klei en zand. Zichtbaar moe en krom van het bukkend bezemen. Hoestend. Maar na een paar dagen hoorde Jákob ze luid kletsend de terp op komen, Mevrouw Negentien boven alles uit. Het pilletje had goed gewerkt. Besmeurde koffers werden uitgeladen, een kinderfiets, driewieler, speelgoed – bijvangst. Kano showde twee nieuwe herenschoenen – een linker en een rechter. Ze pasten precies. Geen vraag over de vorige eigenaars. De vinder mocht alles houden. Jutrecht.

Kees liep glunderend op Jákob af, hij was benoemd tot voorman van het stel. 'Werken doet ze goed, van wachten word je mal.'

Jákob zweeg, wat was er in zijn vriend gevaren? Het was buigen of barsten... maar wat kon hij hem verwijten?

WERKEN. Hij schreef het met hoofdletters op een kaartje. Vreemd dat hij nooit iemand naar zijn beroep had gevraagd. Waar leefde een Kuiler doorgaans van? Hij vroeg het Kano. 'Pakjes bezorgen, niet thuis dan kom ik morgen.' En Henkie, nooit iets anders dan de niksigheid? 'Ja, ik ben een geboren vrije jongen.' Mevrouw Negentien? 'Zangeres, ik leef van de wind.' Jan Viool was slachter geweest – *geweest* want de slachterij was onherstelbaar beschadigd. Jákob keek ineens anders naar zijn handen.

Viel het hem zwaar?

'Afval slacht afval,' zei hij. 'De eerste weken was ik bang de snaren van mijn viool te trekken, ik leefde in een waas van dood, zelfs Tsjaikovski rook naar darm.' Ook na een dag slik vegen zat zijn neus weer vol kadaver: verdronken katten, honden, varkens, een enkele koe. Maar ze hadden hun jas nog aan, dat scheelde. 'We hebben ze allemaal schoongeborsteld en een behoorlijk graf gegeven.' Zijn vrouw had ook op de slachterij gewerkt. 'In het begin deden we huilend ons werk. De Schriftgeleerden zeggen: *Wie dieren leed berokkent, bezeert zijn eigen gemoed.* Thuis sloegen we nog geen mug dood. Na veel bidden maakte het slachtmes ons zachter. Het scherpe deed ons verlangen naar het fluweel. Pijn met een korstje.' Hij wreef over zijn verbonden arm. 'Begrijpt u mij?'

Jákob knikte vaag en dacht aan zijn jachtgeweer. Als hij dat streelde wilde zijn vader weleens om een hoekje komen kijken – zachtaardig en liefdevol. Ook hij streelde een geweer en was in staat tot moord.

TECHNOFIXER

Drenkeling 28 stelde zich voor als klimaatingenieur. Gekleed in vodden – jasje te klein, een touw als riem – maar hij droeg het statig. **Dr. Horvàth** is de naam (*woede 5, altruïsme 8*).

'Ik ben medeverantwoordelijk voor deze zondvloed en wil biechten.'

'Gaat u zitten.'

Dr. Horvàth deed een stapje terug. 'Wat hoor ik op uw tong? *Hallom az országomat a nyelveden.* Laten we Hongaars spreken.'

'Nee, want dan ben ik weer kind.'

'*Gyàva kukac*!' (Bang wurm – zo noemde zijn vader hem.)

'Schrijf op: Weggepest van technische universiteit Boedapest om meningen, in Nederland weggepest om meningen. Wij klimaatknutselaars hebben de aarde niet kunnen redden. De global warming is niet te stoppen, nu al bijna drie graden warmer sinds de Industriële Revolutie. Onze laatste ijskappen verdwijnen, de ijskasten van de aarde! Zeeën stijgen, mensen vluchten. Groei beheersen lukte een beetje in de rijke wereld, maar de armen in India, China, Afrika en Latijns-Amerika hebben ook van onze weelde geproefd en wilden net als u computers, smartphones, grootbeeld, airconditioning, elektrische auto's en dat trekken hun zonnepanelen niet. De mensen met één peertje aan het plafond willen ook baden in het licht. Hun regeringen voeren onderling oorlog om grondstoffen en water. Iedereen vertrouwde op ons, de technofixers. Wij zouden aan de thermostaat van de aarde draaien om de opwarming te temperen. CDR.'

'Pardon?'

'Carbon dioxide removal, het afvangen van koolstofdioxide.'

Jákob begreep het maar half en vroeg naar vermissingen.

'Ik vermis de nederigheid. Noteer! Ik ben gek verklaard omdat ik mij tegen mijn hoogmoedige vakgenoten heb gekeerd. Niet ik ben gek, maar zij die aan de wolken prutsten en de regen wilden verplaatsen. Mooi weer tijdens WK voetbal? Geen probleem, we vegen de wolken een weekje weg. En maar doorgaan met CO_2 uitstoten. We zuiverden de lucht met koolstofturbines, hebben bomen geplant, vooral in Europa, waar jullie vroeger hele wouden hebben omgekapt om zeilschepen met lange masten te bouwen en de wereld te veroveren. Maar er is geen regenwoud meer over. Afgebrand voor jullie sojaboontjes. En wij maar olie fijn vermalen en uitstrooien.'

Dr. Horvàth volgde Jákobs schrijvende hand en kwam al orerend naast hem staan. Hij tikte op tafel. 'U maakt fout, niet *olie fijn* maar *OLIVIJN* – ijzermagnesiumsilicaat. Velden vol langs de rivieren, om CO_2 uit de atmosfeer te halen. Vreet energie. We hebben koelpleisters in de stratosfeer geplakt om zonlicht te reflecteren, spiegels in de ruimte gehangen, luxaflex om de opwarming af te remmen. Alles was te repareren. Maar de aarde koelde niet af en de extremen namen toe: droogte, regens, orkanen, mislukte oogsten. Homo sapiens roeit zichzelf uit. Extinctie is onze toekomst. Ecocide is beter woord. Mensen vluchten massaal naar koelere en hoger gelegen streken. Ondertussen laten de rijken nanobots in hun lichaam plaatsen om beter te kunnen ademen en om langer te kunnen leven. Heeft u al nanobots? Beter dan wandelstok.

Rijken hebben ook robots. Robots zijn duur. Armen goedkoper. De Kuil zit vol arme mensen. Goed genoeg voor de rotklussen. Weggooimensen. Ik ben na mijn ontslag een van hen geworden. Ik, doctor Horvàth, de technofixer. De zondaar.'

TERUG NAAR DE BOEKEN

Het college van dr. Horvàth was goed voor negen kaartjes aantekeningen. Het duizelde Jákob, hij verlangde naar zijn eigen hoekje, zijn ouwe leesstoel, maar zijn zitkamer was ziekenzaal geworden; het noodhospitaal was overvol. Er lagen vier vrouwen die in hun tot huis verbouwde container door het water waren verrast en voortgestuwd, ze hadden van alles en nog wat gebroken; het was een wonder dat ze nog leefden. Ook zij weigerden hun namen op te geven: 'Wij zijn vluchtelingen.' Hun accent klonk zo Hollands als wat.

Zonder met zijn wandelstok te stampen sloop hij langs de bedden naar zijn bibliotheek. Boeken maakten hem rustig, hij begreep ze beter dan mensen. Ze waren tekortgekomen – zijn boeken, hij had ze te weinig gekoesterd, hun kaften niet beklopt, de bladzijden geen lucht gegeven. Jákob sloeg index na index op, zocht naar: extinctie, ecocide, global warming, carbon dioxide... Stonden er niet in.

Wat had hij nog aan zijn verzameling? Zijn huis rook naar matras, lysol en laarzen, zijn erf naar modder en dood. Geen kennis over water spoelde dat schoon. Hoeveel pakketten hadden hij en Agnes niet laten komen? Vol verwachting scheurden ze elke zending open. (Soms zaten er touwtjes om, die ze voor de spreeuwen bewaarden.) Ze prezen zich gelukkig met een eerste druk, zochten naar een ex libris of handtekening van een vorige eigenaar, staken vaantjes bij interessante aantekeningen in de marge – dat was de lol van tweedehandsboeken: lezers laten sporen na. Ze vergeleken catalogusprijzen, noteerden commentaren van de veilingmeester: *slightly worn, water stains*. Hoe meer achtergrond, hoe rijker het bezit. Hun verzameling maakte hen tot aandeelhouders van een bijna uitgestorven genootschap.

Hij woog Agnes' *Groot rivierenboek* in zijn hand,

haar eerste aanschaf op de terp. Een zilvervisje, de meest vraatzuchtige lezer, ontsnapte uit de rug. Hij wilde zijn vrouw niet verraden, zichzelf niet verraden en trouw blijven aan hun mantra's: *We wonen niet in een land, we wonen in literatuur. Lezen is uitgestelde zelfmoord.* Hij moest blijven wie hij was: *a man of letters*. Jákob sprak in zichzelf – bang zijn oude wereld te verliezen, bang om als totaal overbodig door een vijandige tijdgeest te worden geveld.

Om Agnes te eren besloot hij hun verzameling te herordenen. Hij zette vrienden naast vijanden – konden ze mooi hun onderlinge ruzies uitvechten. Een boek over oceanen plaatste hij naast een boek over woestijnen – om hun verborgen verwantschap te vieren. Nat naast droog. Overvloed naast tekort. Zo kregen de palmen water. Hij gaf hun boeken een andere betekenis en dat alles met een beetje schuiven en schikken.

'Hé ouwe, wat sta je daar te mompelen?!' Jákob had een van de vrouwen wakker gemaakt, de kwaaiste van het stel. 'Flikker die boeken toch weg. We leggen er al dagen naast. Wat een droge handel... Goed slaapmiddel, daar niet van, maar waar heb je ze voor nodig?'

'Om de wereld een beetje beter te begrijpen.' Niet dat hij het zelf nog geloofde, maar hij kon haar bezwaarlijk gelijk geven.

'Nou, lees dan maar eens een stukkie voor.'

Jákob liep met een scheef hoofd langs zijn planken en wist zo gauw niet wat hij moest kiezen. Iets korts, pakkends. Hij bladerde door zijn cahier Nederlandse watergedichten, honderden hadden hij en Agnes er destijds verzameld. Hij las over waterstanden en *eenvouds verlichte waters* en zag een vraagteken boven haar deken groeien. *Herinnering aan Holland*, kende ze dat? *Denkend aan Holland, zie ik brede rivieren traag door oneindig laagland gaan...*

De vrouw krabde verveeld onder een randje gips.

'Vindt u het niet mooi?'

Ze schudde nee.

Verdomme, dacht hij, maar dat is ook voor jou geschreven. 'Open je,' riep hij.

De vrouw keek hem aan alsof hij iets oneerbaars voorstelde.

Hij liet *een diep geladen aak geheel gevuld met water dat in springerige golfjes uit het donkere ruim over de boorden stroomt* een stad bevoorraden...

Geen sjoege.

'Ben je er soms bang voor?' Jákob zocht wanhopig naar een ramp – een verdrinken dat dicht bij haar eigen ervaring lag. Hij vond iets bij Lodeizen:

De wereld was van louter golven
en ik zonk in haar als een lijk
naar beneden het water sloot
boven mijn hoofd en even
voelde ik een vis langs mij strijken
in de stille zee

Hij was voor haar bed gaan staan en had het gedicht bijna in haar gezicht gespuwd. Waarom lukte het hem niet haar een beetje te raken? Het was hem vroeger altijd gelukt. 'Watersnood' dan?

Beelden van Zadkine stonden moeders daar
babies boven de springvloed uit te beuren.
Zonen zagen hun vaders medesleuren
– wat wordt een ouder in je handen zwaar –
de schuren van de boerderijen scheuren.
Ratten en mensen klommen door elkaar.

Jákob keek haar strak aan.

De vrouw lachte hem uit. 'Snap jij het? Nou, ik niet.' Ze draaide zich om en toonde haar getatoeeerde nek.

Na de nodige slokken schreef hij in zijn dagboek:
`En toch geloof ik in de noodzaak van het overbodige.`

DR. HORVÀTH – TWEEDE BEZOEK

Jákob zat met een kater achter zijn tafel maar werd wakker gepraat door dr. Horvàth: 'Grote uitvindingen brengen grote sociale veranderingen met zich mee. Na de uitvinding van de stoommachine groeide het kapitalisme uit tot de prijs van alles en de waarde van niks: *kapotalisme*. Het groene land werd vuile stad, de vuile stad baarde het proletariaat, daar bloeide het communisme als een vuilnisroos, het socialisme kreeg een tuintje, de consument een auto, en nu eet de hedonist er zijn gebakken peren. Wij mensen sukkelen achter de ontregeling aan die de technologie ons heeft gebracht. Nu zeg ik: Na de zonde de verlossing.'

'U maakt grote stappen,' zei Jákob slaperig.

JAYLINN *(WOEDE 8, KRACHT 9)*

De kwaaiste dame uit de ziekenzaal zette kleine stappen – op krukken, bonkend tegen Jákobs tafel. Ze weigerde nog altijd haar naam te noemen. Er stond wel iets krullends in haar nek getatoeëerd: *Jaylinn*.

'Nou vooruit. Zo mag je me inschrijven.'

'Maar toch niet als vluchteling?'

'Zekers te weten, voor de belastingdienst, deurwaarders en een man met losse handen.' Ze vroeg Jákob om een whisky, ze had zijn adem geroken.

Na zijn mislukte voorleespoging was hij beducht voor haar. Misschien zou een dubbele Laphroaig haar milder stemmen. Hij vulde een theekop vol. 'Op uw gezondheid.'

'Gezondheid? Ik heb liever je geld. Geld is vrijheid. En zonder vrijheid geen geluk. Snap jij hem? Waarom denk je dat ik hier rondkruk? Uit armoe. Me man heb me aan de dijk gezet en me rekening leeggeroofd. Vroeger brandde het geld me nog behoorlijk in de hand. Maar het nieuwe geld is weggegoocheld. Balletje-balletje. Alleen de elite weet onder welke hoed het zit. Wij zijn de losers. Zelfs de bedelaars zitten met lege handen. Een hond heb het nog beter dan een arme. Wat zou er zijn gebeurd als het geld gewond was, en hier in bed lag? Ziek geld – o wat zielig. Dan was de ramp niet te overzien. Was het hele land in rep en roer, kwam de president op bezoek, die vuile zakkenvuller. Het geld verdient medelijden. Het stinkende geld. Een bom eronder.'

Jákob schreef haar woorden braaf op, misschien voor zijn boekje. Als ze erin pasten.

'Wat ga je daarmee doen?'

'Weet ik nog niet, ik verzamel verhalen die mensen wakker moeten schudden.'

'Ben je echt zo onnozel? Jouw soort heeft ons in de ellende gestort, ouwe boomer, niet de president. Jullie zijn slapende rijk geworden. Dat weet iedereen, daar hoef je geen arme voor wakker te maken. Jullie oudjes verdienden goud aan de gestegen huizenprijzen. Jullie met je vette pensioen. Eigen geld eerst. Dankzij jullie kunnen onze kinderen geen huis krijgen. Dankzij jullie zitten we met onbetaalbare huren. Je wordt nog bedankt voor die waardeloze euro. Op je gezondheid.'

AVANCES

Jákob werd gek van al die bezoekjes aan zijn tafel. Kano kwam naar haar jongens vragen. 'Ik denk dag en nacht aan Toa – hij heeft te veel fantasie voor de werkelijkheid.' Dr. Horvàth klopte vijf keer aan en liep over van ideeën. Jákob noteerde er niet een. Henkie Zegmaar had een octopus in de uiterwaarden gevonden. 'Die zijn intelligenter als ons, komen van een andere planeet, zeg maar, ze zijn met een ijskomeet op de aarde geflikkerd. Heftig hoor, die zuignappies op je armen.'

Zo ging het maar door.

Jákobs hoofd kookte. Nou moest hij ook nog zijn brede boxspring aan een zwaar overspannen hospik afstaan en naar een stapelbed op zolder verhuizen. De commandant had om een vervanger gevraagd, liefst een militair arts, maar er was iets misgegaan: een of andere klerk had een afgezant van de dood gestuurd – een in zijn carrière gestremde patholoog-anatoom. De lijkensnijder weigerde bij de soldaten in de tent te slapen. Jákob, die zich nog altijd gastheer voelde, had zonder erbij na te denken het bed boven hem aangeboden. En nu poetste hij zijn tanden aan de wastafel waar de patholoog-anatoom zijn scalpels afspoelde, gereedschap waarmee hij zich ooit in de vingers had gesneden – hij miste drie topjes aan zijn rechterhand.

De man, die vanaf de eerste dag door iedereen dokter werd genoemd, bleek bezeten van zijn vak te zijn. Elke avond voor het slapengaan somde hij in het donker zijn 'vondsten en bevindingen' op: 2 glazen ogen uitgelepeld op 1 dag! 1 foetus van 13 weken – 'altijd weer een wonder'. Ook mooi: 5 man met een snee bij de nieren – 'kerels die lichter hebben gereisd om hier een beter leven te vinden'. En al die naaldenprikken! Sommige lijken leken wel lek. Minstens vier verslaafden had hij al geteld. Geweldig! Een buitenkansje deze job, de prachtigste gezwellen had hij blootgelegd. Hij knipte zijn bedlamp aan. 'Wil je de foto's zien?'

'Welterusten.'

'Geen mooiere slaap dan de dood.'

Jákob dacht aan zijn flesjes pentobarbital. 'Ik ben bang voor de pijn.'

'Het doodgaan zelf doet geen pijn, in je laatste minuten word je overspoeld door serotonine, dopamine, endorfine, stoffen die vrijkomen bij de liefde. Je sterft verliefd.'

De dokter mijmerde... er ging toch niets boven een warm lichaam. Vond Jákob ook niet? Vooral in dagen als deze.

Jákob zweeg.

'Serotonine, we kunnen het opwekken, samen.'

Een matras hoger kraakte de lust: een bungelend been, een sprong en daar stond de dokter, piemelnaakt op het slaapkamermatje, met een zwelling die er mocht wezen.

Jákob suste zijn avances: 'Ik ben vierentachtig.'

Burgerlijk, vond de dokter. 'Fysiek maakt het geen hol uit – allebei 36,5 graden.'

Jákob trok de deken over zich heen.

Toen het hijgen boven zijn hoofd was bedaard, sloop hij de trap af, stapte in zijn laarzen, greep naar zijn wandelstok en trok een jas over zijn pyjama aan. Hij wilde de getallen van zich afspoelen. Hij was te veel een boekhouder geworden.

Nadenken moest hij, zijn eigen vondsten en bevindingen ordenen.

Een beetje denker wandelde – binnen of buiten. En je hoefde er niet sportief voor te zijn. Wittgenstein, ook woonachtig in Jákobs verzameling (*het woord water heeft geen betekenis, alleen in het taalspel: breng mij water, pas op voor het water*), beende uren in zijn kamer, Lord Byron klauterde met zijn horrelvoet door het Pindosgebergte en kwam op adem bij forelbeken en watervallen – *de enige plaats op aarde waar ik echt gelukkig was.*

Jákob wandelde om alleen te zijn, in de regen, met de regen. Hij zocht sterren, die er niet waren. Op een uur als dit waren er mannen die elkaar beminden en vrouwen die van vrouwen hielden. Een vorm van liefde die hij alleen op papier had verkend – daarom kon hij zo ruimdenkend zijn. Veel van zijn idealen waren boekenidealen. Hij had het leven meer gelezen dan geleefd. Hoezeer Agnes en hij ook van elkaar hielden, ze verkenden het genot meer bij Wolkers en Henry Miller dan tussen hun benen. Geil van zinnen. En nu waren jonge mensen steeds preutser geworden en vergeelden de losse zeden uit zijn studentenjaren in gedateerde romans en gedichten. Zijn generatie kreeg het verwijt bandeloos en egoïstisch te zijn geweest. Niet alleen in bed, maar in het hele leven, als reiziger, stroomvreter, vervuiler. Schuldig aan een pandemiepaniek die de jeugd het hardst had geraakt. Daar zat ie dan in de regen, boomer, elitair, vet gepensioneerd – uitgekotst en apart gezet.

Een vleermuis klapperde langs zijn gezicht. 'Nog niet, nog niet,' fluisterde Jákob.

Hij voelde zich overbodig.

JOHN & AZZAD (*LEVENSLUST 10*)

Die nacht werkte Jákob aan de keukentafel een notitie uit die hij aanvankelijk zijn boekje niet waardig achtte omdat geluk geen aanklacht was.

John

Ik waadde naar het schuurtje om de ladder te halen, maar die waaide meteen uit mijn handen. Ik hoorde mijn vriend bij de keukendeur mijn naam roepen. Zijn aansteker was nat geworden. Of ik droge lucifers had. Tabak ging boven het leven. Kop dicht, schreeuwde ik, we moeten hier weg. Het water brak door de ramen. Zwemmen, schat. Ik trok hem dicht tegen mij aan, mijn armen om zijn middel. We vochten om het hoofd boven water te houden. Ik voelde zijn warme tranen op mijn gezicht en toen heb ik mijn vriend in zijn hals gezoend, want ik was zo bang hem nooit meer terug te zien. Een grote boom kwam op ons af. De stam konden we ontwijken maar we kregen een klap van een tak. We werden naar de bodem geslingerd, mijn trommelvliezen leken te barsten. Ik kon mijn adem niet langer inhouden en ik zei tegen mezelf: Ik mag nu niet doodgaan, ik wil nog met mijn man trouwen... Iets tilde mij op en plotseling was er lucht op mijn gezicht, ik opende mijn ogen en zag een prachtige dikke balk dobberen. Dat hout heeft ons gedragen. Ondanks de pijn was ik in geestelijke vervoering. Kilometers verder bleef de balk aan de grond haken. 'Ik kan staan,' schreeuwde ik, 'ik kan staan.'

Honey, are you okay? We omhelsden elkaar, maar mijn armen waren zo stijf dat we omvielen. In de modder, in die verstrengeling, merkte ik dat er iets scherps in mijn dij stak – ik droeg alleen nog maar een onderbroek – ook mijn vriend voelde een steek. We tastten op onze knieën de grond af. We konden onze ogen niet geloven, maar we vonden een grote schelp. Een nautilus. Mijn vriend dacht dat het een opgerolde schildpad was, hij had nog nooit zo'n schelp gezien. Ik hield hem tegen zijn oor en zijn ogen schoten vol tranen.

DE PRIESTER, EINDELIJK *(1½ BEEN, LEVENSLUST?)*

Tien dagen na de ramp reed een gedeukte auto de terp op. Een man werd naar buiten geholpen, hij kreeg een paar krukken aangereikt, zijn linker broekspijp wapperde in de wind. Het was de priester, uit het streekziekenhuis opgehaald door een legerjeep. Twee boeren hadden hem ver voorbij het dorp gevonden, onderkoeld, met een akelige wond onder zijn linkerknie. Pas na drie dagen kon er een dokter komen kijken. Er waren te veel gewonden, niet alle telefoons werkten en de dokter was ook maar een mens.

De priester kon niet staan van de pijn en mocht bij Jákob in het ziekenhoekje op krachten komen. Een etmaal later kon hij pas praten. Zijn stem viel telkens weg. Hijgend vroeg hij naar Gai en Toa – zijn pupillen.

Jákob wou hem niet vermoeien en tekende twee vraagtekens op een kaartje. De priester knikte. Een traan welde op. Jákob vond hem sympathieker dan op het filmpje, maar toen hij zijn naam opschreef, die in drukletters op een ziekenhuislabel om zijn nek hing, zag hij ook een fanatieke trek. Met bevende hand trok hij het bibliotheekkaartje weg. 'Noem mij Priester.' Zo stond hij als kunstenaar bekend.

De volgende ochtend had de priester al aan kracht gewonnen. 'Mijn atelier ben ik kwijtgeraakt aan het water, een container waar ik een kruis, een halvemaan, een davidster en de armpjes van Brahma op had geschilderd. Het geloof is mijn kunstproject. De Kuil mijn Gethsemane, het dal van de doodsangst. Ik kon putten uit wel zes geloven en niemand wist er raad mee. Alleen de rituelen waren blijven hangen: handen vouwen, knielen. Maar als je tien uur in een slachterij hebt gewerkt breng je geen vroomheid meer op. En toch, in tijden van chaos hebben mensen religie nodig.' De priester greep naar de leegte van zijn onderbeen. 'Wat alle godsdiensten met elkaar gemeen hebben is de aanwezigheid van het afwezige. Daar werk ik mee. Ik geloof in het mysterie. Als kunstenaar wantrouw ik het causale, lineaire en verifieerbare.'

De man rilde. 'Misschien kunt u een soutane voor me regelen. Hij hoort bij mijn project, een zwartrok stellen ze geen vragen.'

'Begin met een deken,' zei Jákob, 'u moet eerst herstellen.'

'Waarvan? Mijn linkerbeen is afgezet en dat afwezige been voel ik meer dan het aanwezige been. Dat is kunst. Een geschenk. Ik ben kunst geworden.'

'Neem toch vooral een kopje thee.'

De priester probeerde zich op te richten. Knoeide. Het verband schoot los, wondvocht kwam vrij. Fris was anders.

Maar Jákob werd geplaagd door een andere geur: zijn eigen stinkende jaloezie. Waar is Talétha? Hadden jullie een verhouding? Vragen die hij inhield, niet uit beleefdheid maar uit angst voor de pijn van het antwoord.

De priester viel in slaap.

MYSTERIE

Jákob moest zich bedwingen om niet tientallen berichtjes naar Taléthа te sturen, maar ook haar wilde hij geen pijn doen. Jaloezie vergrootte zijn liefde. De volgende morgen bracht Jákob zijn rivaal een versterkende thee. De patiënt zag er beroerd uit. De dokter was komen kijken. Prognose: infaust.

Jákob zocht het woord op: ongunstig.

De priester volhardde, hij ijlde over dingen die er niet waren. Magisch denken was de kunst. Toa kon dat, waar was Toa? 'Toen wij hem over de kruisiging lazen, bloedden zijn handen. Bij Jona en de walvis stonk hij naar traan.'

'Ja, ja,' zei Jákob. 'Wat een fantasie.' Hij legde een koud washandje op het verhitte gezicht van de priester en dacht er het zijne van – die Toa leek hem stapelgek.

De priesters ogen rolden weg en hij glimlachte gelukzalig.

Op dat moment sloeg Jákob toe en fluisterde: 'Waar zou Talétha nu zijn?'

De priester zweeg en huilde.

De dag daarop was hij verdwenen, zonder briefje achter te laten. Deken weg, bed onbeslapen, zijn broek keurig opgevouwen. De dokter miste een bodybag. Jákob stond stom met de thee naast zijn bed.

Een mysterie.

Toen hij even later de keuken in liep stond Kano de broek van de priester te wassen. 'Zo'n broek verdient twee benen.'

Hij zat als gegoten.

HENKIE ZEGMAAR

'De priester pleite? Heftig, heftig. Hij was onze voedselbank, zeg maar. Een gozer die je om een boodschap kon sturen. Die zwarte jurk was handig in de Sjumbo. Hij vertrok met één portemonnee en kwam met drie terug. Kunst noemde ie dat!'

BUITENGESLOTEN

De raadsels namen toe. Volgens RadioNederland was het aantal dodelijke slachtoffers van 'de storm' veel lager dan aanvankelijk geschat, maar in diezelfde week gingen de aandelen bodybag.com twee keer over de kop. De schade aan de kust was te verwaarlozen, maar op de bookingsites bleek geen hotel geopend. En de president streek alle vragen glad met verheven woorden: **LATEN WE DANKBAAR ZIJN VOOR DE MENSEN DIE ONS LEREN POSITIEF TE BLIJVEN, WANT ZIJ ZIJN DE TUINLIEDEN DIE ONZE ZIEL LATEN BLOEIEN.**

(Redevoering CXCVIII*)*

Ook in de tenten op de terp bleef de stemming wanhopig opgewekt. Om de geur van de dood te verdrijven werd er tot diep in de nacht plezier gemaakt. Jákob zag Kees in en uit gaan. Hij konkelde en verzamelde telkens nieuwe groepjes om zich heen. Jákob sprak hem erop aan: 'Waar ben je mee bezig?' Kees duwde hem met zachte hand terug het huis in. 'Hou je gedeisd, dat is beter voor je gezondheid.'

Jákob, toch al wantrouwig door zijn toenemende doofheid, voelde zich buitengesloten. Hij wist zeker dat mensen zijn naam noemden als hij 's morgens zijn erf op liep, hij las woorden op de gezichten van slikvegers die voor zijn tafel hadden gestaan en meende zelfs een gemeen lachen te horen als hij om zes uur een Laphroaig inschonk. Kees dronk al een paar dagen niet meer mee. Meneer was 'te druk'.

Jákob mocht dan gespitst zijn op elk geluid, het was hem ontgaan dat Kees op een namiddag met de tractor het erf op was gereden. Opeens stond hij voor de deur, in een blauwe walm, luid knorrend. Na veel gesleutel had ie zijn kameraad mooi weer aan de praat gekregen. Kees liep hinkend om de gedeukte motorkap en poetste trots een vlekje weg.

'Wat loop je raar,' zei Jákob.

Kees tikte op de bobbel naast zijn stijve knie. 'Me geweer.' Hij had het gelijk in één moeite opgeknapt en onder zijn riem in een broekspijp gestoken. Lachend smokkelde hij het achter de soldaten om mee naar Jákobs bezemkast. Niemand die het zag. Maar o wat werd er gegiecheld.

Om ook de laatste boze drenkeling voor zich te winnen had Kees het gebiesde bandje van de HulpDienst van zijn bovenarm gehaald. Wekte te veel wantrouwen. De commandant vond het goed, Kees had hem wijsgemaakt dat hij zich zo beter onder de slachtoffers kon mengen. Hij genoot van zijn spel met de macht. 'Je hoort meer als je geen vragen stelt.'

'Wat hoor je dan, als je geen enkele taal spreekt?'

Betere verhalen. Hij wist niet dat die Kuilers zulke slimme donders waren, zonder over boeken op te scheppen! Kees was nu dik met Kano. Wat kon die vrouw vertellen! 'Wist jij dat ze met een Nederlandse bankier getrouwd was? Na hun scheiding heeft ze haar enige zoon aan hem moeten afstaan. De familie had een spaarrekening op naam van hun zoon gezet. Een vette som die hij zou krijgen als hij achttien was. Hoefde ie nooit meer te werken. Als ze niet zou afzien van haar moederrechten, kreeg die jongen nul niks. Ze heeft voor zijn toekomst gekozen. Goeie moeder, hè?'

Jákob keek zijn oude vriend achterdochtig aan. 'Moet dat soms ook in mijn boek?'

Kees was knecht af. De orkaan, de overstroming, zijn vernietigde boerderij, de hulp aan slachtoffers – het had hem kracht gegeven. Hij was de baas onder de slikvegers. Soldaten vroegen hem om raad, hij was zelfs met een van hen bevriend geraakt. 'Geen echte, want hij speelt gitaar en treedt op voor de troepen.' Ze hadden samen een tochtje op de trekker gemaakt en heel wat kratjes bier bij de Jumbo gehaald.

'Pas je wel een beetje op?'

Kees kreeg een kleur. 'Ik heb een nieuwe broer.'

Jákob voelde zich verraden. Doen alsof was tot daaraan toe, maar geüniformeerden diende je te wantrouwen. Vet smet. Toch kon hij het niet laten om een tentverhaal van Kees te pikken. Zoete wraak bedoeld als niemendal.

Het feestelijk klimaat

We hadden een zingende soldaat op de terp. Arek. Zijn hoofd was te groot voor zijn hoedje en zijn tong te lang voor zijn mond, in een andere tijd zou hij een hofnar zijn geweest, maar sinds de republiek zong hij liedjes over de president: *Te groot voor dit land, te veel talent... waar hebben we het aan verdiend.* Niemand wist of hij het meende. De Vaderlandse-Garde vond hem te naïef om gevaarlijk te zijn.

Grilligheid was zijn label. Arek paste niet in een hokje, ook al deed de kritiek nog zo haar best hem in te delen. Na grappen over kleur werd hij uitgemaakt voor racist, maar toen hij de racisten zwart maakte, en zijn oude publiek hem weer wilde omarmen, stak hij zijn middelvinger naar hen op. Arek zocht de tegenwind. Op YouTube zong hij een nationalist te zijn: *Gesloten grenzen houden ons gezond.* De president citeerde hem. De Dienst Ontwikkeling en Ontspanning nodigde hem uit voor een optreden: Humor in uniform. Een reuzenmop, dacht hij. De troepen droegen hem op handen. 'De orkaan zonder naam' werd een hit. Zelfs drenkelingen die nauwelijks Nederlands spraken, kenden het refrein: *Lach om het klimaat, ontken dat je bestaat.*

Maar voor de VaderlandseGarde was hij te ver gegaan: Arek mocht naar de terp, mee lijken prikken. Zat ook een liedje in, maar 'Bellenblazen' werd geen meezinger. Te bitter. Uiteindelijk vond hij troost in de armen van een dakloze boerenknecht en bespeelde hij een andere lier.

TOA IN ZEVENMIJLSLAARZEN

Toa meldde zich in laarzen tot over de knie. Te groot voor zijn spillebenen. Hij kwam zomaar aangelopen, omzwermd door spreeuwengekwetter. Hij was voorbij de snelweg in een weiland gevonden. Tot zijn middel in de modder, wakker gehouden door pikkende snavels. Een bejaardenhuis had zich over hem ontfermd – daar kreeg hij elke dag appeltaart. Zijn oude buurvrouw Kano had hem al apart genomen; haar tranen vlekten op zijn bloes. Hij wist van zijn gewonde broer. Het bericht was al eerder tot hem gekomen.

Had hij hem gesproken?

Nee. Ja. Denktelefoon.

Jákob keek in twee oude ogen. Niet dof of moe, maar wijs.

'Talétha en de priester hebben ons voorgelezen uit het boek over de tovenaar die ze aan een boom spijkerden en op de uitkijk zetten om in de toekomst te kijken. Mijn broer Gai en ik dachten: Kunnen wij ook, toen wij daar hoog in onze boomhut zaten. Gai is de oudste en zet geen stap zonder zijn pijl-en-boog en ik had het boek meegenomen, een cadeau van de priester, voor hemelse hulp bij ongelukken. Wat zou de tovenaar hebben gedaan als zijn boom in het water stond te schudden? Ik zocht naar de formule. En snel. We sloten onze ogen, vouwden onze handen en voeten, zoals Talétha ons had voorgedaan. We zeiden: Amen. We zeiden: "Hemelen. Nee, hemelen zijt." Maar er gebeurde niets. Toen zeiden we: "Vader", en die had wel oren. Daar kwamen als bij wonder Talétha en de priester op hun dak voorbij. Zo makkelijk ging het. Ze schampten onze boom en we sprongen aan boord. Het blikken dak tolde en draaide zo erg onder ons gewicht dat het bijna omkieperde.

"Toon jullie talenten," zei de priester.

Gai begreep er niks van. "Wat wil hij dat we doen?"

“Wat je het beste kan,” riep ik.

Gai schoot een pijl in het water, ging erop staan, schoot nog een pijl, stapte daar weer op, pakte zijn eerste pijl en schoot die weer verder en liep over de golven naar de dikste boom. Ik dacht: Wat kan ik het beste? Van woorden verhalen maken en dingen laten gebeuren die niemand geloven wil. Ik scheurde een bladzij uit het boek over de tovenaar, legde er een op het water en – ja! het lukte, ik kon erop staan. Nog een bladzij en nog een, en zo liep ik in het spoor van Gai. Toen we ons omdraaiden om de priester en Talétha met onze pijlen en papieren te helpen, zagen we hun dak tollend in de golven van ons wegvaren. We riepen nog, maar ze keken niet meer om.

Onderweg zagen we een paar laarzen lopen met niemand erin. “Mogen wij jullie begeleiden?” vroeg ik.

We hoorden ook de bomen huilen: “Wie redt ons?” Maar we konden ze niet helpen. Onze krachten zijn beperkt.’

Toa vouwde zijn armen over elkaar, als een marionet stond hij daar – wiebelend en houterig mager – maar recht van lijn en goed gesneden. ‘Krijg ik nu appelgebak?’

KEUKENTELEVISIE

Jákob verloor terrein. Niet alleen zijn terp was hem afgenomen, maar ook zijn autoriteit. Om toch iets van achting te herwinnen had hij zijn televisie in de keuken gezet en de slikvegers uitgenodigd. De Laphroaig stond klaar, een hele doos – de bezorgingsdienst werkte weer. En nu maar hopen dat hij ook Kees kon binnenlokken. Al was het maar om hem uit handen van de soldaten te houden – gehersenspoelde jongens, gek op een verzetje en dus na een vingerknip bereid om mensen met wie ze zoveel lol in de tent maakten zonder pardon in een grijze bus te trappen, richting ResocialisatieProject, het laatste geesteskind van de president. (Weer zo'n samengeplakt woord met venijnige hoofdletters.) Na de modder de mensen. Reinheid moet zijn. De orkaan was zijn godsgeschenk.

Het werd aardig druk in Jákobs keuken. De ramen besloegen, schaaltjes pinda's gingen rond. Zelfs de gelovigen die van hun god nuchter moesten blijven lieten zich de turfwhisky smaken. Iets wat zo stonk moest wel een medicijn zijn. Henkie Zegmaar was de grootste fan. Jákob schonk letterlijk vertrouwen. Zeker na het derde glas. Maar hoe vaak hij ook naar de voordeur liep en hard om Kees riep, zijn meest naaste drinkebroer kwam niet opdagen. Kees zat bij zijn vriend op een gitaar te tokkelen.

De televisie draaide weer op volle kracht en tetterde over *Bouwen in Vertrouwen*. Het lage land was nagenoeg op orde, de steden waren schoongeschrobd, de onrust weggenomen. Nog altijd werden er door 'de storm' verwaaide mensen gevonden. De camera zoomde in op een man die in zijn rolstoel aan de dijk was gezet. Zonder papieren. Het serienummer was uit zijn rolstoel gevijld. Hij was dement en er hing een bord om zijn nek: *Ik ben een geweldige opa*. Het bieden kon beginnen. Bij de oude sluis was een op drift geraakte rijnaak aangespoeld – opgetild door de grote hand. Jákob herkende de schipper en zijn vrouw. De camera toonde ook nog beelden van het parlement, waar de klimaatontkenners het volk gerust mochten stellen.

'Waarom steken die mensen zo hardnekkig hun kop in het zand?' vroeg Jákob aan dr. Horvàth.

'Omdat ze daar meer zien: onze extinctie. Wat is er beter voor het klimaat dan een aarde zonder mensen.'

De gezellige onderwerpen keerden weer terug op het journaal: de president had een nieuw uniform voor de WaterStaters ontworpen. **ONZE HELDEN**

VAN HET JAAR (met zijn handtekening als bies). Hij kwam het persoonlijk showen voor hij met een paar uitverkoren drenkelingen een tochtje ging maken in zijn gouden koets. Schoolkinderen plantten helm in vers gebulldozerde duinen. O blanke top, o blanke top en wit gelukkig land.

Na het nieuws mocht een bont gezelschap reclame voor zichzelf maken – daar waren de talkshows voor. *De grootste ramp zit in ons hoofd,* zei een professor en hij zwaaide met een boek. Een diepzeeduiker had 20.000 mijlen onder zee nieuw leven ontdekt: *Het gaat goed met de natuur.* Ook hij hield een boek op. *Laten we dansen en van ons uitsterven een festival maken,* zei een paardenstaartman die zich catastroof noemde. Een boer bezong de schoonheid van de dalende veengrond.

Maar dan wordt Nederland één kuil, protesteerde een ecohydroloog.

Wat is er mis met een kuil? Elk kind graaft graag een kuil.

'Ze hebben het over ons,' riep Henkie Zegmaar.

Een aardbeschermer pleitte voor *minder weelde en meer planeet.* Hij werd hartelijk uitgelachen. Een geboortestaker ontvouwde een plan voor *algemene sterilisatie* tussen de keerkringen: *Ze zijn met te veel.* Volgens een ICT'er was de orkaan getrold door cyber-Chinezen. *Een digitale blokkade is het beste antwoord.* En boycot van de loempia –

niet volkseigen. *Klimaat,* zei een influencer, *ik krijg er de kanker van.*

Iedereen had een boek geschreven of vlogde erop los. Niemand in de keuken die er iets van begreep. Kano voelde zich geroepen het allemaal aan Toa uit te leggen. 'Ecohydroloog weet alles over droog. Catastroof rampen geloof.'

Hij herhaalde de moeilijke woorden.

'Hoor je dat, Toa? Je moet minderen,' zei dr. Horvàth.

Toa liet het eelt onder zijn zolen zien. Wel duizend kilometer gelopen. 'Minderen? Met wat?'

Onder de eindtune van de talkshow klopte een gedrogeerde Mevrouw Negentien op het keukenraam. 'Heeft een van jullie mijn Tommie gezien? Tommie, Tommie, mijn Tommie... Gisteren is er een dode jongen bij een drooggevallen plas gevonden. Een van ons, volgens de soldaten. Maar ik krijg hem niet te zien. Hoeft niet, zeggen ze, hij heeft een andere kleur.' Mevrouw Negentien huilde. 'Misschien heeft het water hem donker gemaakt.'

SPREEUW AAN TAFEL

Het was theetijd en de brutaalste spreeuw kwam haar koekje halen.

'Wij hebben Toa wakker gepikt, we verdienen appeltaart.'

Jákob had alleen een mariakaakje in de aanbieding.

'Geef ons dan wat extra snippers papier, er is geen blad meer om een nest mee te bouwen.'

Jákob verscheurde een bibliotheekkaartje. 'Hebben jullie behoorlijk onderdak?'

'Je huis zit vol gaten, niks aan doen. We zijn wel wat gewend. Onze vleugels kunnen stormen aan, oceanen als het moet. En ach, als ik die verhalen hier aan je tafel hoor... Wij weten wat het is om opgejaagd te worden. Wij zien land eerder dan een verrekijker en wezen vluchtelingen de weg in hun rubberbootjes. Op gepaste afstand, want voor je het weet vreten ze je op.'

'Je bent een delicatesse.'

'Wij zijn wereldvogels – de koekenpan is ons te klein.'

'Pas maar op, "kosmopoliet" is een scheldwoord tegenwoordig.'

'Erger nog: wij zijn kolonisten. We hebben op schepen gevaren, als gekooide liefjes van zeelui, wij nestelden op vreemde kusten, wij leerden trommelen met onze tong. Wij zijn de Spotify avant la lettre – zingen in alle talen. En Shakespeare en Mozart...'

'Opschepper.'

'Versnipper nog een kaartje, aan één hebben we niks.'

De spreeuw vloog op – snavel vol papier – en scheet als dank de tafel onder.

ONVERWACHT BEZOEK

Geen drenkeling kwam zich meer melden, de gipspatiënten waren verplaatst naar beter uitgeruste noodziekenhuizen. Jákob had de dames persoonlijk uitgezwaaid. De kwaaiste wist hem in de gauwigheid nog wat tientjes afhandig te maken – en dat had hem meer dan verlicht. De matrassen werden gelucht. Jákob kreeg zijn eigen slaapkamer terug en had zijn schrijftafel weer voor het zitkamerraam geschoven – de terrasdeuren wagenwijd opengezet. Een windje stofte langs zijn boeken.

Bij het zakken van het water kwam de materiële schade pas echt in zicht. De commandant liet voorlopig geen slikveger gaan. In het buitengebied werden nog altijd doden gevonden. De dokter had de tijd van zijn leven en droomde van een wetenschappelijke publicatie. Ellende – daar moeten de pennen het van hebben.

In alle somberheid bleef Jákob geloven dat Talétha op een lauwe novemberavond voor zijn deur zou staan, onverwacht, maar niet verrast, als koortje met Sint-Maarten... lichtje in haar hand na een dwaaltocht door het land. Hij bleef haar mails en berichtjes sturen: `Ik schenk elke avond om zes uur een glaasje voor je in. Je laarzen staan klaar in de gang, ik heb je kam achter het bed gevonden. Hij` ruikt naar jou. Er zit nog een haartje in.

Geen reactie, maar ook nooit een automatisch antwoord dat haar telefoon was afgesloten of de provider de verbindingen had verbroken. Geen nieuws, goed nieuws.

Jákob hervond zijn oude rituelen. Hij ging weer zwemmen in de rivier, al viel de afdaling naar de verwoeste oever hem zwaar en wist hij niet goed welk verdriet hij moest afspoelen. Agnes en Talétha zwommen met hem mee... ze tilden hem op en maakten hem licht. De keuken liet hij aan de tentbewoners. Om zes uur, borreluur, zocht hij in een beschutte uithoek van het terras de stilte van vroeger, het ruisen van de wind hoorde hij niet meer, ook de spreeuwen leken zich in te houden, maar ze dansten nog altijd voor een pinda. Hij bladerde weer door zijn waterboeken en blies de zilvervisjes in de meidoorn. Maar het was te donker om te lezen, en de wolken waren zelfs na een tweede glas niet bereid een verre bestemming te ontvouwen, zoals vroeger. Zijn leven trok doof en dof voorbij. Had hij nog de kracht om dat boek te maken? En had het zin? Hij vroeg het aan de spreeuwen.

'Doe het doe het doe het,' tjilpte de brutaalste.

Of hoorde hij de stem van zijn vader?

Gelukkig schoof na een paar dagen boer Kees weer aan, met een bittere trek om de mond. Zijn zingende soldaat was midden in de nacht van zijn bed gelicht. Afgevoerd in een grijze bus.

Waarheen?

Een vraag voor de wolken. Ze hieven hun glas naar de avondlucht. Kees pinkte een traantje weg. 'Betreurd,' zei hij zacht.

'Wat zeg je?'

'Grote woorden,' zei hij luid. 'Daar ben jij beter in.'

Na lang zwijgen spraken ze over het weer. Vreemd, overal dat gele zand... Ja, de woestijn zat in de wolken. Zou het ooit nog sneeuwen? De rivier vond zijn oude bedding terug, maar hier en daar glom een donker meertje in de vallei. Waar waren de ganzen gebleven? Geen hert rende meer voorbij. Ze deelden hun herinneringen. Het heden was te lastig.

De deurbel ging. Eén keer. Twee keer.

Een vrouw stond op de stoep, rossig haar, roodgestifte glimlach. Ze droeg nog laarzen ook. Meryem was haar naam. 'U bent toch de tolk?' Of haar onaangekondigde bezoek wel schikte? 'Alles loopt uit, we hebben het razend druk.' Ze sliste, maar Jákob kon haar goed verstaan. Alleen wat ze zei, bracht hem in verlegenheid. 'U bent een voorbeeldig burger. U heeft persoonlijke offers gebracht. Supersympathiek.'

Ze trapte lenig haar modderlaarzen uit en liep op sokken zijn kamer in. (Een roodgelakte teennagel piepte door een gaatje – `aandoenlijk brutaal`, zou Jákob later in zijn dagboek schrijven.) Meryem vroeg niet om een stoel, ze nám er een. Ze haalde haar telefoon uit de zak van haar strakke mantelpak: 'Mag ik uw wificode? Ik moet bereikbaar zijn.' Ze keek nieuwsgierig rond. 'Wat een boeken! Ik ben hier bij een geleerde op bezoek.' Haar telefoon zoemde, maar ze nam niet op. 'Mag ik er een foto van maken? Mijn dochter heeft nog nooit zoiets gezien.' Voor Jákob toestemming kon geven flitste ze met haar camera. Ze haalde het album *Rijzend water* uit de kast, bladerde geïnteresseerd door de onheilspellende foto's. Wat je niet kon fotoshoppen! *Die deutsche Ideologie* – de roodste rug in de rij – werd ruw uit de kast gehaald en vereerd met een close-up.

'Voorzichtig, het is een eerste druk.'

'Ja, super.'

'Meneer spaart waterboeken,' zei Kees, die zich tot nog toe stil op het terras had gehouden en met de fles en glazen binnenkwam. Of mevrouw ook een slokkie gif wou?

'Thee graag, heel graag, thee.'

Kees volgde Meryem met zijn ogen toen ze naar

Jákobs schrijftafel liep en haar telefoon naast zijn laptop legde. Zijn mond viel open bij het opflikkeren van een blauw lichtje. Jákob had niks door en zette zijn boeken weer terug.

'Hoeveel talen spreekt u wel niet?' vroeg Meryem.

'Zes, zeven,' zei Jákob zacht.

'U zou een geweldige spion zijn.' Ze lachte, haar tanden vlekten van de lippenstift.

Jákob legde haar omstandig uit hoeveel moderne talen je vroeger op school moest leren. Meryem onderbrak hem: 'Maar spreekt u ook de taal van deze tijd?' Ze ontweek zijn ogen en keek naar buiten. 'Er wonen maar weinig mensen met zo'n uitzicht.'

Pas toen zag Jákob het doffe leer van haar mantelpak – muisgrijs met gele bies. Het spande om haar kont.

'En wat is uw rol?' vroeg ze aan Kees, die achter de kookplaat stond. 'Spreekt u ook zoveel talen?'

'Ik ben een boerenknecht, mevrouw.'

'U werkt toch bij de HulpDienst?'

'Ingehuurd om op te ruimen, alleen met een bezem, als u begrijpt wat ik bedoel.'

Meryem glimlachte zuinig. 'U neemt me toch niet kwalijk dat ik het vraag?'

'Ieder zijn klus.'

Jákob keek Kees bewonderend aan.

'Ieder zijn verantwoordelijkheden.' Meryem liet zich ongegeneerd in de bruinleren kuipstoel ploffen. 'Hij zit super.' Ze draaide zich naar Jákob. 'U heeft ons tenminste geholpen. Hoeveel drenkelingen heeft u wel niet ingeschreven?'

Jákob speelde de onnozelaar. Hij was de tel kwijt, zijn kaartsysteem was niet op orde, zijn laptop gecrasht.

Leer kraakte op leer. 'Er lopen te veel types rond die onder de radar van de staat leven. Wij willen ze weer op de rails zetten.'

Jákob keek in paniek naar Kees.

'Alles is dol geworden, de koeien, de varkens, en bij meneer is het niet anders.'

Meryem glimlachte ijzig, liep naar de schrijftafel en haalde haar telefoon weg. 'Zo, die hebben genoeg met elkaar gebabbeld.'

Jákob protesteerde.

'Ach, wat bent u toch heerlijk ouderwets. Als u het niet erg vindt zou ik uw administratie graag even inzien.'

'Ik vrees dat ik u niet kan helpen.'

'Uw handen trillen, maar dat is toch nergens voor nodig.' Haar vingers speelden met het hengsel van een schrijftafellade.

'Meneer is een vreselijke sloddervos, mevrouw, geef ons effe de tijd.'

Meryem raadpleegde haar telefoon. 'Wat dacht

u van overmorgen? Zelfde tijd, drink ik ook een glaasje mee.'

Jákob keek beschaamd van Kees weg. 'Maar mevrouw, die mensen zijn in de rouw.'

'Ja, heel sneu. We gaan ze zeker helpen.'

Jákob hoefde Meryem niet uit te laten. Ze liet zichzelf uit. De deur trilde na van de klap.

Jákob stond bleek voor zijn boekenkast.

'Gooi die kaartjes meteen weg.'

'Maar dat zijn mijn aantekeningen!'

'Het gaat om hún leven.' Kees liep naar Jákobs laptop. 'Heb je gezien hoe ze haar telefoon met jouw computer heeft laten neuken? Wat zit er allemaal in?'

'Eh... probeersels, halve verhalen, mails, berichtjes – maar veranderd.' Jákob scrolde, controleerde. 'Alles zit er nog in.'

'En als je nou eens opbiecht dat je alles gelogen hebt.'

'Maar, lieve Kees, dan doen we precies wat ze willen: ontkennen. Ik wil hun stemmen laten horen.'

'Maar je kon ze niet verstaan! Je bent stokdoof, zeg dat!'

'Jij kent de VaderlandseGarde niet.'

'En jij kent jezelf niet.' Kees keek zijn vriend meewarig aan. 'Jij, met je stomme lijstjes.'

JÁKOB OEFENT ZIJN SCHIETVINGER

Jákob had een slechte nacht. Hij beende met zijn wandelstok door de slaapkamer. Licht aan, licht uit. Boek pakken, pen pakken, schrijven. Hup, nog een glas Schotse slaapthee. Klep van zijn laptop open en dicht. Als een dwaas tikken:

`O liefste, je hand, waar is je hand in mijn haar, het pingelen van je vinger op mijn kale kruin. Je bespeelt me. Ik voel je als ik je schrijf. Wanneer mogen we elkaar weer aaien? Ik hou je in leven. Je bent er nog. Ik liet je zwemmen. Aan wal komen. Lopen. Ik steunde je, zoog je wond schoon, zo zoet smaakt je bloed. Ik kuste je gezond. Help me!`

Zonder een zin te herschrijven naar Talétha gemaild. Hij scrolde door zijn favorieten op Spotify. Zocht troost bij Frank Zappa – *Give me your dirty love*. Zette Jim Morrison op:

> What have they done to the earth?
> What have they done to our fair sister?
> Ravaged and plundered and ripped her and bit her
> Stuck her with knives in the side of the dawn
> And tied her with fences and dragged her down.

Hij zong luid mee: *until the end, until the end, until the end.* Een meer dan zestig jaar oud liedje. Dát moest ook een motto in zijn boek worden! Om de jeugd te bereiken – allejezus, wat was ie oud.

De commandant die zijn logeerkamer had genaast, riep of het stiller kon, de dokter klopte op zijn deur en vroeg of hij een slaappil wou. 'Ik heb de beste, de halve tent slikt ze.'

Klootzakken. Hij zat gevangen in zijn eigen huis.

Hoe had het zover kunnen komen? Wat een waardeloze held was ie, een verraderlijke lijstjesman. Een heuler. Hij moest en zou dat boek schrijven! Om het goed te maken. Een vuist in woorden. Hij zou slinks te werk gaan. Hij zag het voor zich. De omslag, de titel, zijn naam. IJdele voornemens en visioenen op de rand van zijn bed. Hij liet zich achterovervallen en viel snurkend in slaap. Diep in hem gromde een man van de daad.

De volgende morgen belde hij groggy de secretaris van de jagersvereniging en claimde nog voor dezelfde dag een uurtje op de schietbaan. Zijn auto was nog altijd niet terecht; hij kocht een soldaat om (`verspil je principes niet aan futiliteiten` – een Hemmelbahn-dagboekcitaat) en liet zich door een legertruck bij het clubgebouw afzetten. Ook daar beschadiging en modder, maar Jákob werd met open armen ontvangen – een jager dient onder alle omstandigheden zijn vaardigheid op peil te houden. Het wild had recht op een geoefende hand.

Jákob schoot vijf van de twaalf kleiduiven aan gort – niet slecht, maar het luchtte niet op. Hij was te wankel, vocht met zijn evenwicht. De wandeling naar de 100 meterbaan haalde hij niet eens.

Bij het herladen scheurde hij de nagel van zijn rechterwijsvinger. Hij vermande zich, stelpte het bloed met zijn zakdoek en zocht afleiding bij de jagers aan de bar. 'De uiterwaarden zijn weer droog, maar ik heb nog geen schot gehoord.'

Al het wild was verzopen. Zelfs de ganzen waren gevlucht. De jagers hadden opeens erg te doen met de ganzen. En De Kuil? Ja, daar wisten ze natuurlijk van. Heel naar... Bijna iedereen had er wel iemand gekend – een werkster, een lasser, een klussen-Pool. De kaasboer herinnerde zich twee mannen uit de Praatgroep Huiselijk Geweld (via mijn vrouw hè... niet persoonlijk). Je kon er goedkoop een 'niet reanimeren'-tatoeage laten zetten, een whizzkid repareerde mobieltjes. Er scheen ook een 'makkelijke dame' te hebben gewoond (alleen van horen zeggen, uiteraard). Je hond moest je er niet uitlaten – te veel pitbulls en slangen.

Om de pijn in zijn vinger te verzachten dronk Jákob een glas, en nog een en nog een. Hij bleef een paar uur hangen en kon het niet laten stiekem gesprekken af te luisteren.

TWEE JAGERS OVER DE PRESIDENT

Jager 1: Goeie vent.
Jager 2: Leider van de roedel, heb je nodig.
1: Je ziet hem ook groeien.
2: Maar die malle uniformen.
1: Om ze te stangen.
2: Bouwen in Vertrouwen... De kinderen van onze werkster wachten al twaalf jaar!
1: Hij wordt tegengewerkt.
2: De zweep erover.
1: Nee zand...
2: Haha.
1: Een kuil vol zand.
2: Ruimt wel op.
1: Jij denkt het, hij doet het.

VIER PILS LATER

1: Ik had er nog een telefoon liggen.
2: Niet opgehaald?
1: Nee, vergeten.
2: Vuile dieven.

Nog diezelfde avond selecteerde Jákob met een bloederig verband om zijn vinger zijn bibliotheekkaartjes.

Kees keek over zijn schouder mee. 'Wat heb je daar voor lelijke wond?'

'Niets, een keukenongelukje.'

Er vlekte een rode veeg op de kaart van mevrouw Voigt: *40 jaar, hersenbeschadiging, kan zich de namen van haar vermiste kinderen niet herinneren.*

Tine Kwel kreeg een rode druppel: *29 jaar, blind aan één oog door pikhaak op slachterij. 'Ik wil in het donker zitten om tot rust te komen. Mijn man is weg.'*

Mawiyah: *wil alleen maar slapen.*

De ene naam na de andere ging door Jákobs handen. Kees streepte door wat hem niet beviel. 'We verzinnen nieuwe.' Hij pakte *Het groot rivierenboek* erbij: Merwede, Vecht, Dommel, Berkel... 'Zo doe je dat.'

Jákob liet het allemaal gebeuren. Hij was te oud, te slap, te verward, te moe.

Uiteindelijk stelden ze een mager lijstje samen: 53 vermisten op plusminus 180 bewoners. Daar moest Meryem het mee doen. Het precieze aantal slachtoffers zou toch nooit te achterhalen zijn. De modder zweeg als het graf.

Kees dacht hardop na: 'Ze heeft je computer

leeggezogen, maar ze hebben ook van iedereen stokkies DNA. Weet jij wat ze hebben uitgespookt, ze zaten niet voor niets in De Kuil. Misschien moeten we er een paar naar je zolder laten verdwijnen.'

'Daar slaapt de dokter.'

'Vraag hem bij jou op de kamer. Hij houdt van luxe.'

'Ze zijn welkom,' zei Jákob dunnetjes.

'En als dat wijf meer wil weten over die verhalen, stuur je haar maar naar mij.'

Jákob gaf een klap op tafel. 'Nu ga je te ver. Het wordt mijn boek!'

'Rustig aan,' – Kees wees op het steeds roder wordende verband – 'ik wil je alleen maar helpen.'

Jákob vloekte inwendig. Had hij nog iets in te brengen? Een boerenknecht die een maand geleden niet eens wist hoe hij een boek moest vasthouden, ging er met zijn plan vandoor. 'Bemoei je niet met mijn verhalen.'

'En als ik d'r nou nog eentje heb?'

'Ik ben verhalenmoe.'

'Jammer dat je meneer Dharavi nooit hebt gesproken.'

Jákob haalde boos zijn schouders op.

'Die man slaat alles.'

Jákob controleerde zwijgend de namenlijst.

'Hij heeft zich voor iedereen weten te verstoppen.'

'Houen zo.'
'Maakte zijn eigen tentje – omdat ie zo stinkt.'
Jákob keek strak voor zich uit.
Dharavi moest er ook bij, vond Kees. 'We verzinnen wel een naam, Beerput.' Paste mooi bij iemand die geboren en getogen was op een vuilnisbelt in Bangladesh. Zijn zoon had daar gif gegeten en was aan beide oren doof geworden – geen dokter die wou helpen. Uiteindelijk had Dharavi een nier verkocht om zijn zieke zoon mee naar Europa te kunnen nemen. Daar woonden de goede mensen, de dokters die ook armen hielpen. 'En nou is die dove jongen zoek.'
'Heel sneu,' schamperde Jákob.
'Ons boekie moet niet alleen klinken maar ook stinken.'
'Ons?'
'Ik ga hem wel voor je halen, mij vertrouwt ie.'

Jákobs neus moest een en ander overwinnen toen Kees **meneer Dharavi** achter zijn tafel zette. Zelfs zijn glimlach stonk – zwavel, vis, ammoniak, een vleugje zoet.
Jákob schoof hem een pen en een leeg kaartje toe. 'Uw naam alstublieft.'
Meneer Dharavi was het schrijven verleerd, maar hij praatte voor tien – er was alleen niets van te verstaan. Een brabbeling ontsnapte aan

zijn donkere mond, een ratjetoe van opgepikte woorden: brokken Nederlands, Pidginengels, vluchtelingenjargon en dat alles gemengd met flarden Bihari. Jákob streek het al schrijvend glad tot één taal.

‘Mijn zoon is uit boom gevallen. Arjun is naam. Hoe leg ik uit. Zijn leven was zonder staart...’ (Althans, dat begreep Jákob.) ‘Geen brug, geen geluk. Brommende helikopter niet horen, niet zwaaien.’ Het luide water had zich over Arjun ontfermd. Een arabesk van klanken stootte de vader uit.

Terwijl Jákob er tegen zijn zin woorden van maakte kwam de dokter opgewonden binnenlopen. Hij had de jongen die in de plas was gevonden op zijn snijtafel gekregen. Zulke exemplaren zag je niet vaak. De foto’s alleen al. ‘Zet maar op je lijst. Moet je zien, totaal aangevreten.’ De dokter opende zijn telefoon en schoof hem door naar Jákob. ‘Wat denk jij, een aasgier?’ Meneer Dharavi keek mee. ‘Arjun,’ riep hij ontzet. Hij greep de telefoon en gooide hem tegen de muur. De dokter raapte hem op. Meneer Dharavi sprong op zijn rug. Kees probeerde tussenbeide te komen. Duwen. Trekken. Jákob riep om hulp. Drie soldaten kwamen aangerend, maar ze kregen meneer Dharavi niet direct los: hij had zich in de pols van de dokter vastgebeten. Schuim om de mond. Zwarte tanden, rood bloed. De dokter werd bevrijd en rende naar het noodhospitaal.

Meneer Dharavi werd achter in een vrachtwagen gegooid. Geboeid, prop in de mond. Vuil bij vuil. Jákob deed niks. Kees deed niks. Ze stonden erbij en keken ernaar, maar het drong niet tot ze door.

Pas later zagen ze het, toen hun zwijgen schreeuwen werd – in stilte. Toen Kees zachtjes huilde: 'De schoften, de schoften.' Toen de dokter de keuken binnenkwam, ontsmet en bleek. Ook de dokter schaamde zich.

ZES

VOL HUIS

Een schot klonk op het erf. Een ruit viel aan diggelen. Iemand schreeuwde. Stemmen snelden van alle kanten toe. *Wat is dat? Ze waren toch vertrokken!* Voetstappen op de trap, in de hal. Kees klopte op het raam van de terrasdeur. 'Sorry, ik ben mijn geweer aan het oliën.'

Jákob zat achter zijn laptop en wapperde verstoord de excuses weg – hij was in gedachten bij Talétha, aan wie hij een lange mail schreef. Ze had langzamerhand de rol van zijn dagboek overgenomen en hij nam haar steeds meer in vertrouwen. Al tikkend sprak hij hardop. De gedachte dat ze al zijn berichten bij terugkomst kon lezen, hield hem op de been.

Liefste Talétha, de bezetting is voorbij. De laatste soldaten zijn vertrokken, de tenten afgebroken en de zieken en verwarden naar verpleeghuizen verplaatst, toch is het voller dan ooit in huis. Boer Kees heeft zijn nieuwe vrienden uit De Kuil laten onderduiken. Alle bedden zijn genaast. Mijn kleden zijn matras. Ik woon nu bij mijzelf in, en ik ben het zat. Ze vreten me uit, geen keukenkastje is meer veilig. Wat een grenzeloze mensen zijn het toch, hoe hield je het ooit met ze uit? En toch laat ik over me lopen - niet uit schuldgevoel, maar omdat ik ze ook bewonder, om hun lef en slordigheid. Ik ben bang voor ze en daar probeer ik tegen te vechten.

Geen soldaat heeft overigens iets van hun verhuizing gemerkt, zelfs de commandant niet. De lijkensnijder is ook ondergedoken nadat hij alle door hem verzamelde DNA-gegevens had vernietigd. Uit schuldgevoel. Door zijn blinde ambitie zat hij tot zijn nek in de collaboratie. ('Ik was deel van de show.') Hij stoeit nu op zolder, soms hoor ik Kees fluitend de trap af komen.

Het erf is een bende. Waar de tenten stonden is de grond verwond en overal ligt rommel: conservenblikken, verbandgaas - gebruikt en ongebruikt -, plastic bestek, een paar gesneuvelde bedden en een dichtgetapete doos van de VaderlandseGarde. Meteen opengescheurd natuurlijk: foto's van de president. Met handtekening en opdruk: **WIJ VERGETEN U NIET.** (Wel vergeten uit te pakken.)

De president heeft het vergeten tot kunst verheven. De orkaan heeft niet alleen mensen en materie weggevaagd, maar gaf hem ook de kans de media nog meer naar zijn hand te zetten. De laatste zuilen zijn geslecht. Het Staats-Journaal is nu de spreekbuis van nationale eensgezindheid. Wie ermee instemt bestaat, wie dwarsligt niet. Na de onlusten – en die waren er, al kregen we er weinig over te horen en moesten we het doen met buitenlandse kranten en zenders – zijn de laatste kritische journalisten op een zijspoor gezet. Gisteren werd de Nar een uur lang zonder tegenspraak voor de radio geïnterviewd. De tijd van verdeeldheid ligt achter ons. Dat je het weet.

IK ZIE ONS VOLK ALS EEN PRACHTIGE PORSELEINEN SCHAAL, SAMENGESTELD UIT DE BESTE ELEMENTEN, GEKNEED TOT EENHEID EN ZUIVER VAN TOON.

Wie ook maar een korreltje ruw zand in de witte klei gooit, zorgt voor barsten en kan op getreiter rekenen. Burgemeesters die de regering na de ramp openlijk bekritiseerden zijn publiekelijk als deloyale landgenoten verdacht gemaakt. Vooral de Middelgrote Leugen doet het goed: de suggestie van een vervalst diploma, fraude met bonnetjes, grensoverschrijdend gedrag, is genoeg om iemand het zwijgen op te leggen.

Het land houdt grote schoonmaak. Volgens de Duitse radio is het druk aan de grens: *Die Holländer haben ihre Unerwünschten über die Grenze gebracht.*

Ach, waar val ik je mee lastig, lieve Talétha? Ik vertel het je omdat het me zo eenzaam maakt. De laatste jaren heb ik driekwart van mijn vrienden verloren. En dat komt niet alleen door mijn vertrek uit de Randstad of ons talent voor doodgaan, maar omdat ze zijn gaan geloven in de boze retorica (հռետորաբանություն) die dagelijks over ons wordt uitgestort. De weinige keren dat we elkaar op partijtjes tegenkwamen, bleken ze best te spreken te zijn over 'onze' president. Hoe kon je een land regeren met al die ruziemakende clubjes? Allemaal slachtoffer, allemaal eigen waarheden… dat gezeik over kleur en voortrekken van minderheden. Het was echt even nodig daar korte metten mee te maken.

Bedenk dat deze vrienden allemaal goed opgeleide Nederlanders zijn, de middenklasse, voor wie jij op je knieën de schappen bij de Jumbo vult. Geen 'vreemdeling' heeft ooit hun baan ingepikt. Het ontbreekt ze aan niets. Ja, hun vertrouwde wereld is verdwenen – maar dat geldt voor ons allemaal. Het verlangen naar vroeger is na de orkaan alleen maar groter geworden. Een land dat je op slot kan doen en waar je de tijd buiten de deur kan zetten.

Ik heb vrienden zien radicaliseren. Neem Peter, een oud-studiegenoot, je hebt hem in het voorbijgaan weleens ontmoet, een grafisch ontwerper die de prachtigste boeken maakte en die zijn bedrijf zag verpieteren omdat de Oostbloklanden hem kapot concurreerden (allemaal de schuld van Europa). Mijn bittere Peter is nu een fanatiek aanhanger van de president geworden. Hij ontwierp de folders voor de ophanden zijnde nexit en is er heilig van overtuigd dat westerse elites de natiestaat willen inruilen voor een multinational zonder grenzen. Ook gelooft hij in de leugen van de Grote Vervanging: het wegpesten van gewortelde Nederlanders door immigranten. Tientallen agressieve mails mocht ik ontvangen. Als er een partijuniform bestond zou hij het zeker dragen. De laatste keer dat ik hem van repliek diende, vroeg ik hem jennend: 'Ga je me nu aangeven, Peter?'

'Ja,' schreef hij. 'Als je mijn land in gevaar brengt, ja.' Met dat streepje onder 'mijn' duwde hij me terug naar mijn geboorteland.

Einde correspondentie.

Zo valt het land uiteen, zo lopen er scheuren door families, en om het te vergeten of te ontkennen schaart het merendeel zich achter de sterke man die al het complexe eenvoudig maakt. Mensen zoeken overzicht in verwarrende tijden (ik ook), verlangen naar eenheid, zekerheid én heldere besluiten, juist omdat alles zo ingewikkeld is. Klimaatschommelingen? Laat betijen, zijn er altijd geweest. De vluchtelingenstroom? Doe er wat aan, en snel! Zo snel als een muisklik, want het internet heeft ons ongeduldig gemaakt. Hoe lang duurt het niet voordat Europa tot besluiten komt? Dat kletst maar en kletst maar. Dictators nemen snelle beslissingen.

Het merendeel van mijn oude vrienden heeft zich erbij neergelegd; enkelen zijn over de rand gegaan en zelfs nationalist geworden.

O Talétha, waarom zou je nog Nederlander willen zijn? Waren we maar samen spreeuw, dan vlogen we met de eerste wind weg.

Om hun vijfjarig verblijf in Nederland te vieren kochten mijn ouders een rood-wit-blauwe vlag met een oranje wimpel. Het waren zuinige vlaggers, maar toch. Ik heb hun vlag altijd bewaard. Maar gisteren heb ik hem tot dweil verklaard.

GROOTSE PLANNEN

Jákob verbaasde zich allang niet meer over slapers op zijn bank en over een volle keukentafel. Om de drukte te ontvluchten had hij een hoekje naast zijn boekenkast ingericht, met zijn rug naar het gewoel, alleen Toa mocht hem daar gezelschap houden. De jongen bladerde graag in zijn waterboeken. Soms bleven zijn handen bij een pagina rusten en staarde hij lang naar een foto. Jákob zag hem rillen boven een kolonie aalscholvers en fluisteren tegen een koningsalbatros – met wie zou hij mee kunnen zweven om zijn broer te zoeken? Maar het lukte hem niet meer. 'Mijn hoofd is van lood.' Ook de toverspreuken die de priester en Taléta hem hadden geleerd waren uitgewerkt. Kano had nog met alle Duitse grensziekenhuizen gebeld. (*Nichts gefunden, Gai verschwunden.*) En nu zat hij voor het raam met toegeknepen ogen naar zijn broer te seinen. Geen contact. De denktelefoon was kapot.

'Waarom schrijf je hem niet?' vroeg Jákob. 'Dat kan je toch?'

Ja, hij was de beste van de Bijbelklas.

'Met een brief haal je Gai dichterbij.'

Toa trok zich terug met pen en papier.

Henkie Zegmaar zat op het aanrecht en lepelde in een pot witte bonen met tomatensaus. Kano roerde in de oploskoffie. Ze droeg een trui van Jákob. Dr. Horvàth boende een vlek uit zijn pyjamajasje, geleend van Jákob. Viool had zich een ouwe peignoir van Agnes toegeëigend – zijn borsthaar krulde tussen de knoopjes. 'Staat je lekker katholiek,' zei Henkie. Toa sneed de laatste boterham in stukjes en ging met zijn bord de tafel rond, rillend in zijn verwassen T-shirt. De eieren waren op. De ijskast was leeg. De ijzeren voorraad niet meer aangevuld. Te veel magen om te vullen. Het ging hard, zeg maar. De winter kwam – hoe zacht ook – en er vielen gaten in de klerenkast.

Kees zat in een doktersjas aan de keukentafel en nam de boodschappen op. 'Frikandellen,' klonk het, 'vissticks', 'hamburgers, taco's, pizza', 'cola'.

'En wie betaalt dat?' vroeg Jákob.

Henkie stak zijn vinger op. 'De Sjumbo heeft zeg maar een rekening voor je geopend.'

De tafel moest er smakelijk om lachen.

Kees stelde Jákob gerust: 'We gaan de tuin opknappen, je dak repareren. We maken van de terp een nieuwe Kuil...'

'Tot de bodem van mijn portemonnee in zicht komt.'

'...met plek voor minstens twintig personen, daarna gaan we mijn boerderij opbouwen en groenten kweken en op de markt staan en...'

Kano sprong overeind. 'Nee! Hou op! Ik wil niet kruidenieren en tuinieren! Ik wil geen nieuwe Kuil. Ik wil eruit. Er woedt een orkaan in mijn kop, waaien moet ik.'

'Schrijf een rap voor ons boek.' (*Ons*! Hij leerde het al.)

'Doe het zelf, meneer Jákob. Wat rijmt op kuil?'

Jákob lachte ongemakkelijk...

'Ja, huil en nog eenenvijftig woorden. Maar laat ik het ongerijmd zeggen: Ik verdom het vluchteling te zijn, wij zijn niet zielig, wij zijn niet onaangepast, want we hebben ons aangepast aan pech. Treuren op een terp lost geen donder op.'

Jákob knikte met haar woorden mee. 'Precies dát wil ik in mijn boek vertellen, in jullie woorden.'

'Dat zal een dik boek worden, zonde van de bomen.' Kano groeide aan tafel. De lach kwam op de gezichten terug – de hoop.

Jákob haalde een kaartje uit zijn jaszak en schreef en schreef.

Kano zag het. 'We passen niet in jouw saaitaal, ouwe inktpot. Ik wil niet geeuwen maar schreeuwen.'

'En dan opgepakt worden,' sneerde Jákob.

'We zijn geen criminelen. We moeten ons laten zien!'

'Mee eens,' zei Henkie Zegmaar.

Jákob was mordicus tegen. 'Wat wil je dan laten zien?'

'Dat er ook gekken als wij moeten zijn.'

'Ja, in de gevangenis.'

Henkie sprong van het aanrecht en gaf Kano een high five. Stoelen schoven over plavuizen... De een na de ander verliet de tafel. Bekken trekkend. De dokter kneep Jákob nog even in de schouder. Ook voor hem was wat afweek mooier dan de norm. Jákob bleef alleen achter.

Wat deed ie verkeerd, was hij te voorzichtig? Hij, die zijn hele leven steun bij woorden had gezocht, opstandige woorden, bij de dichters, de poëzie van rock en blues. En nu was hij bang voor rebellie. De bange wurm van vroeger kronkelde weer naar boven. Het gefluister van zijn ouders. De angst aan tafel. Hij was een oud moe kind.

EEN ONTBIJT LATER

Kano tikte met een lepel op tafel. 'Ik heb lang nagedacht, de hele nacht.'

'Geen rijm,' snauwde Jákob.

'Hoe kunnen we ons het beste laten zien? Hier zijn wij. Zo leven wij. Zie ons. Laat ons. Wij zijn niemand tot last.' Ze keek rond, schatte de stemming aan tafel in. Verveling en ergernis ontwaarde ze, een baldadige Henkie die iedereen zat te stangen, een kwezelende Viool die ruziede om het laatste plakje kaas. Hoe hield ze al die gekken in toom? 'Wat als we nu eens naar de televisie gaan, inbreken bij een talkshow?'

Toa juichte als eerste. 'Jaaa, kan ik mijn brief voorlezen. Ik zoek mijn broer.'

Tongen kwamen los, iedereen sprak door elkaar.

Wat moeten we aan? Hoe kwam je daar? Kon het kwaad? Plannen werden gesmeed, bezwaren opgesomd.

Kees stelde voor: ‘Ik rij jullie naar de studio’s, op de trekker en jullie achter in de bak, kan ik zo bij de boeren lenen. Verborgen onder een dekzeil, onopvallend door het land en dan – tatatata! Hier zijn we: De Kuilers. Zichtbaar voor heel het land.’

Jákob knikte heftig nee.

Kees was de held, Jákob de zeurpiet.

Dr. Horvàth aaide hem over zijn rug, fluisterde iets in het Hongaars: ‘Denk aan de durf, Jákob, aan de zeep waarmee onze moeders de bruggen insmeerden om de Russische tanks te laten uitglijden. Laat ons de zeep zijn en naar binnen glippen.’

Jákob schudde hem van zich af. ‘Wartaal.’

‘Wie op de televisie is geweest, bereikt miljoenen. Roem biedt bescherming.’

‘De kijkers zijn niet geïnteresseerd in halvegaren.’

‘Dan zal ik ze op de feiten wijzen. De temperaturen stijgen, ze worden zelf halfgaar gekookt. Ik ga TED Talk houden.’

‘Nee,’ riep de tafel in koor.

‘Als jullie al in beeld komen,’ zei Jákob, ‘dan hooguit één minuut.’

‘Genoeg om ze te laten schrikken: 7 miljoen doden per jaar door luchtvervuiling. Bij 2 graden warmer: 150 miljoen doden.’

‘Ik veeg me reet af aan het klimaat,’ zei Henkie en hij liep de keuken uit.

‘Het gaat om Gods schepping,’ zei Jan Viool.

‘Daar was ik niet bij.’

‘Maar wel bij de ondergang,’ riep dr. Horvàth hem na. ‘Lees het laatste IPPC-rapport: de aarde zal een tweede Mars worden, de zoveelste onbewoonbare planeet. Vandaar dat we nooit iets van buitenaardse wezens horen. Alle industriële beschavingen gingen aan hebzucht ten onder en zijn van korte duur. Nu beleven wij de laatste opflikkering en dan... uitgedoofd.’ Hij keek op zijn horloge. ‘Precies één minuut.’

De een na de ander had de keuken verlaten. Werk aan de winkel. Kano liet bij het opstaan een harde wind. ‘Nóg een beetje CO_2.’ Alleen Toa en Jákob waren beleefd blijven zitten.

Toa keek dr. Horvàth beteuterd aan. ‘En ik dan? Ik wil zo graag mijn brief voorlezen.’

TOA LEEST: *IK ZOEK MIJN BROER*

‘We waren samen sardientje en zwommen onder water. Blubblub. Getraind zijn wij. Jij was glad als een pijl en gleed uit mijn hand. Blubblub. We konden toveren. Een schaduw delen. Eenstemmig zijn. In gedachten reizen. En nu ben ik maar half. Halve dromen, halve gedachten, half leven. Broer, maak me weer heel, kom terug...'

De brief trilde in Toa's handen. Hij kwam niet verder.

OP DE FOTO

De man van wie Kees de aanhanger leende had zijn mond voorbijgepraat. *Kees op de televisie. Kees beroemd* – 't was me wat. Het gonsde in de Jumbo. De lokale krant had een fotograaf naar de terp gestuurd en het gezelschap verleid voor een kiekje naast de tractor. Allemaal met hun handen voor het gezicht. Onherkenbaar. Kees in Jákobs deftigste pak. Kano strijdvaardig in een hooggesloten militaire jas. Toa in een veel te grote witte kringlooptrui. Dr. Horvàth, gestrikt en stijf in geleend tweed. Henkie Zegmaar verkreukeld als vanouds. Jan Viool op zijn vroomst, maar zonder baard en verband. Alleen de dokter had zijn rug naar de fotograaf gekeerd. Nog voor hun vertrek verscheen de foto al op het internet. Boven het bericht een vette kop: **KIJK NAAR ONS**.

Jákob stond niet op de foto. Zijn voeten weigerden, en zijn hoofd nog meer. Hij wou niet meedoen aan een schertsvertoning. Kano met haar stomme talkshow – kletspraat en ether. Hij zou iets maken wat zou beklijven. Zitten was zijn lot, tikken zijn taak. Het boek moest af! Als ze zich onderweg maar gedroegen. Voor de zekerheid had hij de bedaagden van het stel – dr. Horvàth en Jan Viool – gevraagd verslag van de rit te doen.

Jammer dat zijn rechterwijsvinger hem zo plaagde. Elke dag een schoon verbandje hielp allang niet meer. Het nagelbed wilde niet helen. De dokter had de nagel eruit willen trekken. 'Als je te lang wacht moet ik amputeren.' Hij maakte een grimmig knipgebaar.

Jákob koos voor de zeurende pijn om al schrijvend dichter bij de wanhoop te komen.

DE TOCHT

De tractor knorde door het dorp. Kano had het zeil van de aanhanger gedeeltelijk opgerold: te benauwd. 'Beter gevaarlijk leven dan bang beven.' Kees zat hoog op zijn trekker, geweer tussen de benen, losse flodders in zijn jaszakken. Kinderen renden met hem mee. Bij de brink schoot hij twee keer in de lucht. Een beetje joelen om de kwade geesten te verjagen, dat was de streek gewend. Omstanders maakten foto's en selfies. Wat bomde het nog, het plan was toch al uitgelekt.

Op de provinciale weg toeterden vrachtwagens hun ongenoegen. Kees koos voor binnenwegen. Voorbij het achterland nam de weerstand toe. Fietsers gaven een middelvinger, bouwvakkers scholden hen uit: 'Aso's, ga werken.' Kano kreeg berichtjes op haar telefoon: 'We zijn trending.'

De schade op het platteland was veel groter dan het journaal had beweerd. Zonnepanelen lagen gekanteld in de weiden. Een windmolen leunde dronken tegen een gevel. Enthousiastelingen hadden affiches met de kop van de president op transformatorhuisjes geplakt. Henkie Zegmaar vroeg om een plaspauze en piste hem vol op de mond. Een tuinder vroeg waar de reis heen ging. Of hij mee mocht. Hij had het land ook wat te vertellen: zijn zoon was opgepakt na een klimaatprotest. Stap in.

Het werd inschikken en schouder aan schouder hobbelen. Ze reden door de slaperige dorpen van de eigenheimers – waar in een andere tijd het nabuurschap hoog in het vaandel stond, toen buren nog vrienden waren, deuren openstonden, blauweregen de muren kleurde. Nu lagen de akkers en de weiden er stoffig bij en kreunden de boeren onder de droogte. De slimmeriken waren naar de Randstad getrokken; wie op school niet goed meekwam vond eentonig werk op een industrieterrein. Geen bakker meer. Geen kruidenier. Tegels in de voortuinen. Op slot de deuren. Niemand voor het raam.

Een hond rende mee. Een spastische scholier op een driewieler liet zich kilometers meetrekken. Hij had altijd al op de televisie gewild. Zonder rugzakje. Kano hees hem aan boord.

Het nieuws over de rit ging sneller dan de tractor. Mensen stonden op viaducten te zwaaien – of te schelden. Kees reed met rechte rug. Wuivend, alsof ie de president was. Een wandelaar vroeg: 'Zijn jullie ergens tegen of voor?' Dr. Horvàth nam het woord: 'Voor. Voor u en voor de aarde. Wij moeten de aarde teruggeven aan de aarde. Zij is niet van ons. Alle toe-eigening leidt tot vervuiling. Eigendomsloosheid is ons streven.'

De wandelaar liep snel door.

Nog minstens tachtig kilometer te gaan. De uitlaat walmde. Het stonk in de aanhanger. De zon daalde. Kees belde Jákob. Misschien moesten ze ergens overnachten. Was er geld voor een hotel? Maar zover kwam het niet. Voorbij een bocht in de weg stonden twee grijze bussen dwars op het asfalt. Een megafoon kraakte.

Kees zette zijn trekker stil, maar liet de motor pruttelen. Een rij gehelmde mannen kwam achter de bus vandaan – wapenstok in de hand, gasmaskers los om de nek en geweren als antennes schuin achter op de rug.

Het zeil werd over de bak getrokken. Henkie Zegmaar wierp zich plat op de bodem. 'Omkeren, 't is mooi geweest.'

'We blijven staan waar we staan,' zei Kees. Hij haalde een tube tandpasta uit zijn broekzak en smeerde zijn gezicht wit – tegen het traangas.

'Laat mij met ze praten,' zei dr. Horvàth. Hij wrong zich uit de aanhanger en liep op de grijze uniformen af. Toa lichtte het zeil een stukje op. De spastische jongen trapte om zich heen, maar werd door Kano stevig in de klem gehouden. Een auto toeterde. En nog een. Mensen wilden passeren, maar de weg was te smal. Kees toeterde terug. Dr. Horvàth rechtte zijn rug. Een cameraman kwam van achter een grijze bus tevoorschijn. Dr. Horvàth werd gefilmd. Kees volgde elke stap.

Omkeren en de weg vrijmaken, beval een blikken stem. Dr. Horvàth liep statig door.

Dikke zolen schuifelden op de weg, er vormde zich een nog hechtere muur van helm en stok en wapen. Kees zette de tractor in de eerste versnelling. De dokter, die zich de hele tocht opmerkelijk stil had gehouden, kroop tussen benen en buiken naar voren en trok hem aan zijn jas. 'Daag ze niet uit.'

Kano sprong van de aanhanger en ging naast de tractor staan, haar schouders een en al woede.

'Kanker op,' riep een automobilist.

De blikken stem: *Staan blijven. We schieten met traangas.*

Dr. Horvàth liep langzaam door.

Een gemaskerde man legde aan... een knal, een witte steekvlam! Dr. Horvàth greep naar zijn gezicht, struikelde en viel. Een scherpe geur waaide over de tractor. Kees huilde witte tranen. De dokter rende naar dr. Horvàth toe, zwaaiend met een zakdoek, elleboog voor de mond. Een tweede knal. Kano knoopte niezend de bovenste knoop van haar militaire jas los. Kees schoot in de lucht. Losse flodder. Mooie echo.

Nog een schot. De zakdoek van de dokter kleurde rood.

Kees trok op. Kano liep mee naar voren. De anderen zochten dekking in de berm. Jan Viool belde Jákob. 'Zet je camera aan,' riep die vanachter zijn schrijftafel. Jan klungelde. Jákob zag alleen een tranende kop. Henkie schreeuwde: 'Kees is gek geworden, die achterlijke gladiool rijdt gewoon door...' Op de achtergrond de blikken stem: *Terug, terug*. Nog een schot. Henkie Zegmaar: 'Kees is gevallen. Die mongolen gaan helemaal los.' Viool huilend: 'Hij ligt onder de tractor. Je moet onmiddellijk komen!' Henkie:

‘Hij bloedt uit zijn maag. Een kogel, ik weet het zeker.’ Jan Viool – onverstaanbaar. Geschreeuw. Op de achtergrond krijste Henkie: ‘Kano is geraakt. De killers, de teringlijers.’

Jákob belde, smeekte om foto’s, film. Geen gehoor. Tududu op alle telefoons. Hij probeerde zich alles te herinneren en schreef steekwoorden op. Hij was zo boos, zo kwaad, zo bang, dat hij ijzig kalm bleef. Zijn toetsenbord ratelde als een mitrailleur. Door de pijn heen. Maar na een paar minuten was hij uitgetikt. Hij wist niks, kon niks.

Hij wandelstokte door de kamer. Sprak in zichzelf. Vloekte tegen de radio, die van geen incident melding maakte. Zocht naar berichten op het internet. Strompelde de terp af richting rivier om zijn wanhoop weg te spoelen – aan de oever stond hij te huilen. Waarom had hij niet ingegrepen?

’s Avonds tijdens het borreluur smaakte de Laphroaig hem niet. Hij wierp een slordig handje pinda’s naar de spreeuwen. Maar ook zij konden hem niet troosten.

DE TOCHT – EEN RECONSTRUCTIE

De schietpartij in de bocht was door meer mensen gezien dan de VaderlandseGarde lief was. Het drama viel niet te ontkennen, er waren domweg te veel getuigen: de tuinder, de spastische scholier, twee ongeduldige automobilisten, toegesnelde boeren, verpleegkundigen bij de spoedeisende hulp. Er werden zelfs schuchtere Kamervragen gesteld na berichten dat de soldaten elkaar tegenspraken. Het landelijk journaal moest de zaak wel sussen. Aandacht genoeg.

Er lagen drie uitgeprinte foto's op Jákobs schrijftafel: Kees, gekromd naast zijn tractor in de schaduw van de dokter. Kano met open militaire jas, de borsten bloot. En nog een close-up van Kano – bloedend op de grond, zonder bovengebit. Een foto die Jákob met een loep bekeek – hij had nooit geweten dat zij die zo rap van tong was een prothese droeg. Foto's van het internet geplukt – geplaatst door relletjesvoyeurs. Jan Viool had in de paniek nog twee filmpjes gestuurd: hoe Henkie in de boeien werd geslagen en dr. Horvàth in een deken weggeleid – zijn laatste bericht, want een paar tellen later werd ook hij in een grijze bus gezet. Bestemming onbekend. De tuinder en de scholier werden na twee dagen weer vrijgelaten. Alleen Toa wist uit handen van de Garde te blijven. Hij had de trui over zijn hoofd getrokken en was als schaap de bosjes in gevlucht. 'Als je gelooft in schaap dan ben je schaap.'

De belangrijkste stem ontbrak in zijn verhaal: boer Kees. Hij lag gewond in een streekziekenhuis. Heup gebroken, gevolgd door een beroerte. Jákob had zich er meteen naartoe laten rijden. Kees lag scheef in de kussens – kin op de borst. Niet in staat tot praten.

En aan Toa als getuige had hij ook niet veel. Die herinnerde zich vooral de stilte na het schieten, de kleur van de horizon: een roodgele streep en koeien die angstig wegdraafden, en o, die gestreepte ballon met twee mensen in de mand, ze bleven maar boven de weg hangen en kijken – hij kon de branders horen sissen. Zou het wat zijn om in zo'n ballon naar zijn broer te zoeken?

Ze zochten samen naar meer getuigen op het internet. En verdomd, de ballonvaarders hadden filmpjes gepost: dansende koeien en een rij soldaten die hun wapens inleverden. Kees weggedragen. En wie was dat daar? Rechts naast de bussen stond een vrouw, gebarend met een telefoon. Grijs mantelpak, gele bies, rossig in de avondzon. Meryem.

Van al die beelden en woordflarden moest Jákob een verhaal maken. Hij had er Victor Hugo nog eens op nageslagen, die in *Choses vues* de levendigste beschrijvingen gaf van gebeurtenissen waar hij onmogelijk bij kon zijn geweest. Zelf gezien ja, door de ogen van zijn huisknecht die hij bij onlusten de straat op stuurde om een paar uur later diens hijgerige verslagen te kunnen noteren. Bloed en stront aan de schoenen van de huisknecht, inkt aan de handen van de schrijver. Beide geuren zaten in het boek. Zo moest het dus.

Daar zat ie dan, de amateur. Geen idee waar te beginnen.

DE WAPENS VERTELDEN EEN VERHAAL

Kees had met losse patronen geschoten – van het soort waarmee hij de spreeuwen uit zijn moestuin verjoeg. Geen bewijs. Zijn geweer was in beslag genomen. Dr. Horvàth had alleen maar hevig geniest. Traangas. Geen patroon gevonden. De dokter was door een rubberkogel geraakt, dwars door de duim van zijn rechterhand. Duidelijk in beeld. Kano was vermoedelijk ook door een rubberkogel getroffen. Volgens Toa liep ze 'gewoon' naar de bus. Uit Kees' rechterschouder was een 7,62 mm-kogel verwijderd.

Automobilist 1: 'De man op de tractor begon. Hij schoot het eerst.'

De tuinder, kort na zijn vrijlating: 'Toen de tractor optrok legden ze een voor een aan.'

Automobilist 2: 'Ze schoten in de lucht.'

Een soldaat van de VaderlandseGarde, geciteerd op het internet: 'Ik had alleen maar rubberkogels.'

Toa: 'Ik ben door de bosjes tot voorbij de grijze

bussen geslopen. Een kogel schampte een lantaarnpaal. Een scherp geluid, het vonkte. Het klonk niet als rubber. Toen niemand keek heb ik in hun koffiekan geplast. Alleen de koeien hebben mij gezien.'

De sergeant van de VaderlandseGarde, gehoord op het journaal: 'Schieten? Niemand heeft bevel gegeven. Alle wapens zijn gecontroleerd. Er is niet met scherp geschoten.'

Soldaat 2, op het journaal: 'Wij vonden wapens bij de vluchtelingen. Dat dikke wijf droeg een wapen onder haar militaire jas.'

Soldaat 3, op het journaal: 'Ze gooiden met stenen. We werden omsingeld.'

Het journaal sloot het onderwerp af met pastorale beelden: koeien, schuren en een landweg. Een herfstregen spoelde het asfalt schoon. De natuur was de leugen goedgezind.

De spastische jongen had een tekening op Pencil123me geplaatst: grijze bussen, grijze uniformen, zwarte geweren – rode kogels in de lucht. Jákob zocht contact met de moeder van die jongen, maar volgens haar was haar zoon een fantast en had ie zijn bril niet op.

De tuinder had zijn eerste verklaring ingetrokken. 'Ik werd erg geplaagd door de ondergaande zon.'

En zo had iedereen wat anders gezien.

Jákob zag alleen maar bibliotheekkaartjes en een computerscherm. Veroordeeld tot de schrijftafel in de warmste december ooit gemeten. De droogste ook. En toch moest hij al tikkend de regen oproepen. De ramp en alle gevolgen.

Aasgieren zweefden boven de vallei. Jákob hoorde de rivier niet meer ruisen. Het werd steeds stiller op de terp – ondanks de stemmen in zijn hoofd. Het kraken op de trap ontging hem. Alleen Mevrouw Negentien drentelde nog door de uiterwaarden – zoekend naar haar zoon, te depressief voor woorden. Mawiyah had zich op zolder verstopt, ze at niet mee, vermeed contact maar had Jákob wel gevraagd of ze in zijn vrije uren zo nu en dan aan zijn laptop mocht werken. Ze wilde een verhaal schrijven. Toen Jákob haar na het zwemmen achter zijn schrijftafel aantrof, liet ze hem haar eerste verhaal lezen. Gecomponeerd op de vertaalmachine. Ondertekend met **Dommel**, haar nieuwe naam – paste goed bij haar slaperigheid.

Twee werelden

Wij woonden in een geel land, de bomen waren ouder dan de mensen. Als we met onze voorouders wilden praten trommelden wij op de oudste boom. Wij leefden van de grond. Tot de warme stormen de wolken verwaaiden. De regen verdween. Mijn vader verdween. Alle mannen trokken naar de grote stad. Ze stuurden ons geiten. Maar ons voer was te schamel voor melk. De baby's stierven. Moeders plantten stokken op de graven. En toen kwamen de uniformen. We vluchtten en verloren een land. Ons huis werd een tent. Het klapperde in de warme wind. Nergens een boom om op te trommelen. Een soldaat stak zijn vinger in mijn achterste. Die dag ging mijn mond op slot. Na de dood van mijn moeder ben ik naar de grote weg gelopen. Een auto nam mij mee. We reden naar de haven, waar mannen mij te eten gaven. Ze stuurden me naar het noorden. Daar zou ik werk vinden. Met mijn mond op slot. Weer liep ik weg. Tot aan het groene land waar de bomen jong en buigzaam zijn. Nat was de grond en vruchtbaar, ik voelde mij welkom. Tot de storm. Koud en krachtig trok hij over de dijken. Het water pakte onze beminden. Ik plantte stokken bij de doden. Vond een bed in een tent. Uniformen waakten over ons. Een soldaat stak zijn vinger in mijn voorste. Het gele land. Het groene land. Vinger achter. Vinger voor. Mond op slot. In het donker is er geen verschil.

Jákob beloofde het op te nemen. *Zijn* boek werd steeds meer *hun* boek.

KEES VOOR HET RAAM

Jákob ging nog één keer langs bij Kees, in de hoop toch nog een woord aan hem te kunnen ontlokken. Verpleeghuis 't Grubbe had hem in een stoel geplant, met uitzicht op de provinciale weg. Kon ie lekker auto's tellen. Naast hem, op de plastic tafel voor het raam, een bos bloemen van het dorpshuis. Op het kaartje: *Beterschap. Laat hem gauw weer knallen Kees!* Maar Kees' schiethand was een verkrampte vuist, al schoten zijn ogen vuur – op het looprek dat hem niet kon dragen, op de beker die hij niet naar zijn mond kon brengen, op de afstandsbediening van een televisietoestel dat te hoog hing. Kees kon alleen maar de kwijl op zijn gulp zien.

Jákob knielde om hem in de ogen te kunnen kijken en hij praatte en praatte, hopend op een teken: een trillende wimper, een traan, iets waarin hij een woord kon lezen. Hij streek hem door zijn lange plakkerige haren – geen glimlach, nauwelijks herkenning. Gaf hem een vel papier en stak een pen in zijn vuist. 'Kan je schrijven? Voor in ons boek, Kees. Al is het maar één zin.' Kees kraste. Woorden werden het niet. Ze spraken met hun handen, aaiden elkaar, Jákob het eelt van een boer, Kees het verband van een pennenlikker.

'Ik zal als een broer voor je zorgen,' zei Jákob.

Kees' ogen vloekten.

Dat vloeken zette Jákob op papier. Uren zat hij te strepen, te schrappen en te ordenen. Toa naast hem in een hoekje, opgekruld tegen de boekenkast. Soms hoorde hij hem een naam noemen: Talétha. En dan zag hij Jákob leeg naar iets onzichtbaars staren – zijn pen stil in de hand, geen vinger op het toetsenbord.

'Zal ik een verhaal over Talétha schrijven?' vroeg Toa.

'Nee, lieve jongen, ik verzin haar liever.'

ZEVEN

VISSERSMETHODE

Jákob had zich afgezonderd. Hij vermeed de keukentafel. At nauwelijks en negeerde zijn huisgenoten. Mevrouw Negentien en Dommel waren zo geschrokken van de aanslag op hun mede-Kuilers dat ze in elk vallend blad een kogel hoorden en overal grijze bussen zagen opdoemen. Als de dood voor represailles hadden ze eindeloos met Jákobs telefoon landgenoten en verwanten gebeld en elders onderdak gevonden. Toa zat verstopt naast de boekenkast in de platenalbums te bladeren, luisterend naar Jákob – elke stem die hij opvoerde kreeg een eigen tongval. Steeds luider ook, omdat hij als dove zichzelf maar matig kon verstaan. Na het zoveelste citaat van de president kwam Toa hem bezorgd een kopje thee brengen. Of meneer Jákob soms bang was.

Niet als ik schrijf, had hij geantwoord. Waarop Toa pen en papier pakte en met zijn vader, moeder en broer ging praten. Wat waren ze flink samen, hij en Toa. En alles werd tastbaar om hen heen: de vloeken van Henkie Zegmaar, de rijmen van Kano, de stank van meneer Dharavi en vooral het verlangen naar mensen die er niet waren.

Op een middag was Toa ineens verdwenen. Ongehoord weggeslopen onder Jákobs luide tikken. Hij had een keurig briefje op de keukentafel achtergelaten. *Mijn broer Gai heeft zich gemeld. Ik weet waar ik hem moet zoeken. Ik heb een warme trui en 100 euro van u geleend. U krijgt alles terug.* Jákob schreef zo bezeten aan zijn boek dat hij zijn zorgen over Toa verdrong. Wraak ging voor vaderschap. Gewend als ie was aan een vader die de vrijheid belangrijker vond dan aandacht voor een kind, tikte hij door en gaf zichzelf een 10 voor egoïsme.

Na weken zette Jákob een punt achter de laatste zin en stuurde hij zijn *KliFi* naar de uitgever. Hij kreeg een ontvangstbevestiging met het verzoek geduld te betrachten. De twijfel had minder tijd nodig: Poema had zich gemeld en knaagde aan zijn zinnen. Jákob veranderde, ~~streepte door~~ en . Het werd hem [redacted] voor ogen.

Schaaf en herschrijf. Voeg een en ander toe. Twintig versies is normaal.

'Donder op.'

Laat die luchtballon dansen als een bleke maan die de malse weiden verkent, beschrijf de oude lanen, de coulissen en volle beken. Laat het regenen, schenk hoop, doop je pen in verwondering, niet in bloed...

‘Ik schiet die ballon liever lek.’
Goed idee.
‘En de laatste kogel is voor jou.’
Je zal me nog missen.
‘Zou je wel willen.’
Ik inspireer je tot verzet.

Door al die gesprekken leerde Jákob zijn Poema steeds beter kennen. Hij was niet alleen jong en speels maar hij genoot ook van gevaar, op het roekeloze af. Poema wist hoe hij een vuurtje moest aanblazen en uittrappen. Hij gloeide van talent en ideeën en juist dan vond hij Jákobs oor, hij doorzag zijn smoezen en leugens en kende de sluipwegen van het geweten. Hij evenaarde hem in belezenheid. Zijn oordeel was scherp, zoals zijn ogen scherp waren. Bij de geringste aarzeling of zwakheid sloeg hij toe. Hij was een imitator, clown, charmeur, maar kon ook kwaadaardig serieus zijn. Hij geloofde in de verantwoordelijkheid van de schrijver, meer dan in de vrijheid van de schrijver, misschien omdat hij de kooi kende, de ruimte tussen de spijlen, de speling in de hel: *Als vrijheid onmogelijk is, hoe ziet het mogelijke er dan uit? Verken de onvrijheid.* Jákob probeerde niet naar hem te luisteren. *We bewonderen toch ook de Griekse mythologie, folklore en religieuze kunst? Schrijvers kunnen gedijen in opgelegde vormen – in dictaturen en in Hollywood. Ze zijn als water, passend in elke bedding die de geschiedenis biedt.*

'O Poema, bij wie heb je die wijsheid gestolen?'

Komt uit je eigen waterboekenkast.

Jákob sloeg zijn laptop dicht. Maar Poema zat ertussen met zijn staart. *Mag ik nog een laatste voorstel doen? Overdrijf niet zo. Het kan bij jou niet verschrikkelijk genoeg zijn. Je maakt iedereen tot slachtoffer.*

'Zonder zout in de wond voelt de lezer niks.'

Voel jij niks.

'Touché,' zei Jákob.

Als je toch aan het verzinnen bent: geef Kees dan ten minste zijn stem terug en Kano haar boventanden. Ze verdient een trotse lach.

Jákob zweeg. Poema had een punt. Het was een kleine moeite Kees een hoopvolle zin in de mond te leggen. En als ie Kano nou eens niet bloedend op de grond zou laten liggen maar liet opstaan, met open jas – de naakte waarheid kent immers geen angst.

Jákob had de verbeteringen nog niet aangebracht of hij schaamde zich al. Zo werkte het dus, de Vissersmethode – aan het lijntje houden, laten razen, dobber in de gaten houden, druk uitoefenen, een correctie suggereren, de lijn weer laten vieren en dan: aantrekken! Hebbes. Jákob hoefde maar een beetje mee te geven en het contract kon worden getekend. En het grootste venijn zat in jezelf want ongemerkt paste je je aan. De nieuwe orde was geen dwangbuis, maar een huid, je wende eraan, je groeide erin.

Jákob vocht tot in de ochtend. Hij was gehavend en verwond, maar hij had gewonnen. Zijn vader had hem bijgestaan. Het was afgelopen met sjoemelen en sussen. Hard moest hij zijn, vooral voor zichzelf. Hij zette zich met hervonden trots achter zijn schrijftafel en wiste alle foutverbeteringen. Onder het gezoem van zijn laptop hoorde hij nog één keer Poema's gelispel. *Vijf sterren? Debutant van verdienste van de Republiek der Nederlanden? Ik kan een goed woordje voor je doen.*

Jákob verdorde het laatste groen en herschreef Nederland tot woestijn.

En als je toch niet luisteren wil, ik heb de koppen van de recensies al klaarliggen:

EEN KUIL OM SNIKKEND IN TE VALLEN

DE ZWARTE STUKKEN ZIJN HET BEST

DOR HOUT WIL ZICH VERJONGEN

SCHAAPJES OP HET DROGE EN ELKE DAG LAM

ELLENDEMAGNEET STEELT LEVENS

ARTISTIEKE UITBUITING VAN RANDFIGUREN

IN DETAIL ZIJN DE ARMEN MOOI

PEN GEDOOPT IN MODDER EN TRANEN

Er schuilde beslist een dichter in Poema.

De bleke maan was een goede vriend geworden – vol of als sikkel –, Jákob zag haar vanuit zijn slaapkamerraam. Hij sliep zo slecht dat het geen zin had de gordijnen te sluiten – een vreemd verdriet plaagde hem, niet om wat gebeurd was, maar om wat hij van plan was: de Nar vermoorden. Hij zag het zichzelf doen. Met vaste hand. Dreigend eerst. Laten voelen wat angst is. Dan het kwaad met kwaad uitwissen. Hij vertelde het de maan, zonder stemverheffing. Ze sprak hem niet tegen, maar was blij met een wolk want ze wilde niet zien hoe hij de FN 9 mm uit het grijze foedraal haalde. Het beulspistool waarmee hij op een jaagpartij ooit een zwijn het genadeschot had moeten geven. Hij woog het in zijn hand, verkende de lijnen. Zijn rechterwijsvinger paste niet om de trekker. Te dik, te ontstoken.

De volgende morgen oefende hij zijn linkerhand en na drie keer lukte het hem een leeg blikje van een stronk te schieten. Niet slecht, maar waar bleef de echo? De spreeuwen vlogen op. Stom verlegen stond hij daar. Wankel steunend op zijn stok. Een druppeltje sijpelde langs zijn been. Hij kon het niet. Hij kon het wel. Hij sprak in zichzelf. Vroeg om raad. Geen antwoord. Hoe had zijn vader dat gedaan? Zijn jonge, lenige vader.

Jákob schuifelde naar zijn slaapkamer, verschoonde zich en legde zijn beste pak klaar voor de reis. Hij zou met de trein gaan. Zonder bagage. Hij zag zichzelf al op het perron staan, tussen al die andere reizigers turend op hun telefoon. Hij voelde zich bekeken door de klittende scholieren. Hoe viel je niet op met een pistool kloppend in je binnenzak?

Het duizelde hem, hij moest zich vastgrijpen aan de rand van zijn bed. Haat. Haat overmande hem. Jákob was bang. Doodsbang. Weer brandde een sijpeltje langs zijn been.

Na twee dagen hardop praten tegen de radio en een fles Laphroaig stak Jákob het pistool in zijn broekzak en sukkelde het pad af naar de rivier. Wankel. Hij viel. Stond op. Riep om Agnes: ‘Geef me een hand.’ Praatte met Taléthä: ‘Melk me, laat de haat uit mij vloeien.’ Ja, Jákob had erg met zichzelf te doen.

Een rijnaak voer voorbij. Jákob zwaaide naar de schipper en toen het water om de kribben kolkte, gooide hij het pistool met een boog in de rivier. Mikken kon hij nog. Hoog en ver. Toch een aardige plons, zo'n wapen te water. Hij maakte een buiging en strompelde terug naar zijn terras om de spreeuwen te voeren. Handen pinda's gooide hij in de lucht. Hagel. Liefde.

Hij zette de flesjes pentobarbital klaar, legde zijn grafpapieren op zijn schrijftafel en slikte een handje antimisselijkheidspillen. Voorschrift van de dierenarts: 18 uur voor het gif in te nemen. Men dient de dood niet uit te kotsen, maar binnen te houden.

De afscheidsmail aan Taléthe was kort: `Ik had je nog willen bedanken voor het kopen van een betere spiegel. Vroeger zag ik mijzelf niet graag, maar jij wees me op de haartjes in mijn oren, de mee-eters in het randje van mijn neus, je kietelde de gaten in mijn sokken en liet me nieuwe kopen en de hielen van mijn schoenen poetsen. Je maakte me weer een beetje ijdel. Ik zal verzorgd sterven. Niemand hoeft zich voor mijn lijk te schamen.`
`PS Mocht je nog opduiken: er ligt een nieuwe Armeense bijbel bij de notaris.`

Boer Kees kreeg een goed gevulde envelop – vele tientjes, voor de vele uren. Hij schreef per ongeluk expres *Broer* Kees.

Hij dacht na. Lang. Achttien uren duren lang.

HET GEDROOMDE STERVEN

Als kind had hij willen sterven onder de rupsbanden van een Russische tank. Geëerd als jongste verzetsheld. Was ie achter het IJzeren Gordijn blijven plakken, dan zou de goelag zeker wat zijn geweest: je laten doodvriezen voor je principes. In het decadente Westen lokte het joyrijden: in een rode sportwagen over de kop. Hij moest wel de krant halen. Popster na een overdosis – ook mooi: voor altijd kaarsjes op je graf. Als hij op een begraafplaats de zerken las zocht hij altijd naar zijn naam. In zijn bibliotheektijd droomde hij ervan tijdens saaie vergaderingen in de armen van Xaviera Hollander te sterven – van uitputting. Zou hij het aankunnen, een vulgaire dood? In de republiek kreeg hij weer last van principiële gevoelens – het verzet riep. Eerst toeslaan en dan zelf een kogel krijgen. Had hij het lef maar, held met inlegkruisje. Nee, een schandalige dood was niet voor hem weggelegd. Wel een eenzame. Beter dan waardig tussen de lakens met een stompzinnig laatste woord op de lippen.

Daar zat ie dan, de uren te verbijten achter zijn schrijftafel. Even dacht hij nog een boodschap in zijn dagboek na te laten – een laatste inzicht. Maar hij zag geen donder.

Na het nodige herschrijven hield hij een pleidooi voor de sukkelende mens en de humane blik, de wereld zien door de ogen van honderd mensen, dat je alles en iedereen kunt zijn – niets dan bezweringen tegen de woede die maar niet in hem ging liggen. Ach, hij wilde zo graag bij de goede mensen horen!

Hij schreef een tweede brief naar zijn uitgever, stopte een USB-stick met al zijn aantekeningen, dagboekcommentaren en zelfs zijn telefoon met code in een gewatteerde envelop. En ook zijn allerlaatste versie van *KliFi* – met excuses, want er moest nog wel wat aan gebeuren. Misschien kon zijn uitgever een gek vinden die zijn karwei wou afmaken. 'Laat los,' zei hij hardop. De toekomst van zijn *KliFi* lag in het verleden.

Kort voor het uur U nam hij een valiumpil om na het gif niet spastisch uit zijn stoel te stuiteren. Tot slot las hij een stuk of wat gedichten.

Moest ik tot zo'n verlatenheid geraken:
Oud worden, aan eenzame tafels zitten,
Werken, niet om 't werk, maar om tegen 't zwijgen
En twijf'len argumenten te verkrijgen
Het hart tot onvruchtbare plek omspitten...

Hij liep het terras op, de flesjes pentobarbital in zijn jaszak, zette een stoel voor het gat in de meidoornhaag en zoog zijn weidse uitzicht op. Laat gevonden, snel vertrouwd en nu weer vreemd: geen koe te bekennen, geen boom meer overeind. Ook de rivier was veranderd, niet dat hij ooit in hetzelfde water had gezwommen, maar ze was beweeglijker geworden. Zij wel.

Het was een zonnige, rustige dag. Jákob vouwde zijn handen, zei het onverstaanbare gebed uit zijn jongensjaren, zijn zolen vroom tegen elkaar, zoals Talétha hem had voorgedaan.

Hij leunde achterover en schroefde de dop van beide flesjes.

De brutale spreeuw landde op zijn schouder.

'Kijk naar de lucht,' zei ze met haar snavel in zijn oorschelp.

De lucht was blauw en leek te branden in zijn blauwheid, de wolkjes waren boterkrullen, een geel dat je niet verwachtte in de hemel.

'Kijk beter,' zei de spreeuw. *'Zie je die staart, die kop, die lange voorpoot? Wie jaagt daar? Je eigenste Poema.'*

Jákob hield zijn hand voor de zon.

'Hij roept,' zei de spreeuw.

Jákob nam een slok. Zijn mond trok bitter samen. De wind speelde in zijn haar, een zachtheid kroop over hem, geurloos als een jong katje.

'Durf je?'

Hij dronk beide flesjes leeg, sloot zijn ogen.

'Spring.'

De spreeuw gaf hem een zetje en liet hem in het grote blauw verdwijnen.

Karwei geklaard

Mooie dood. Toch had ik – schrijver dezes: de gek – liever ingegrepen en Jákob Hemmelbahn betere benen gegeven om hem terug in de tijd te laten springen, potent, als kwieke zeventiger, onwetend van een poema. Misschien kunnen we het noodlot samen nog een knietje geven, al trappelen de presidenten wel in de coulissen.

Zijn verhaal is opgetekend – een schot in de lucht.

VERANTWOORDING

Het verlangen naar sociale eenheid, ordening, aanpassing én verzet is van alle tijden. Maar toen een kenner van het Oostblok mij wees op het werk van twee ervaringsdeskundigen die het fenomeen van meebuigen en speling zoeken al tientallen jaren geleden hebben beschreven, schrok ik van de actualiteit. *The Captive Mind* (1953) van Czesław Miłosz (over het culturele leven in de communistische heilstaat Polen van zeventig jaar geleden) en het briljante *The Velvet Prison. Artists Under State Socialism* (1983) van Miklós Haraszti (over de benauwenis in het poststalinistische Hongarije) hebben me dan ook buitengewoon geïnspireerd. De opmerking over censuur als huid heb ik van Haraszti. Ook Anne Applebaum laat in *Twilight of Democracy. The Seductive Lure of Authoritarianism* (2020) prachtig zien hoe bang hedendaagse populisten voor diversiteit en vrijheid zijn. De bijzondere memoires van Vera Illés, *Kind van een andere tijd. Het verhaal van een Hongaarse vluchteling* (1992), gaven mij inzicht in het wel en wee van een tiener die uit Hongarije vlucht en naar Nederland emigreert.

Omdat de opwarming van de aarde nog veel meer mensen zal ontwortelen – ook degenen die de alarmerende voorspellingen afdoen als fictie – zal er een groot beroep worden gedaan op ons incasseringsvermogen. Zet de koffers maar klaar. De veranderingen die ons te wachten staan, zijn uitgebreid verkend door onze oud-Denker des Vaderlands René ten Bos. Vooral zijn *Dwalen in het antropoceen* (2017), *Extinctie* (2019) en het overrompelende *Water. Een geofilosofische geschiedenis* (2014) inspireerden me. Ik kan hem niet genoeg prijzen. Ook het woord *kapotalisme* heb ik van hem geleend.

Eveneens maakte ik dankbaar gebruik van een artikel uit *NRC Handelsblad* (20-21 juni 2020), 'Knutselen aan het klimaat' van Laura Wismans.

Liefhebbers van nachtelijk gepieker over het klimaat raad ik de volgende boeken aan, die ik uiteraard met genoegen heb gelezen. Mogelijk is er een enkel idee in *KliFi* blijven plakken.

Wij bepalen de toekomst. De klimaatcrisis overleven (2020) – Christiana Figueres, Tom Rivett-Carnac

Nu het nog kan (2020) – Extinction Rebellion

The Great Derangement. Climate Change and the Unthinkable (2016) – Amitav Ghosh

Notes from an Apocalypse. A Personal Journey to the End of the World and Back (2020) – Mark O'Connell

Leven in het antropoceen. Een handleiding (2019) – Marc Schuilenburg en Sjoerd van Tuinen (red.)

Wat iedereen zou moeten weten over klimaatverandering (2020) – Bart Verheggen

De onbewoonbare aarde (2019) – David Wallace-Wells

De meest voorbeeldige migranten en toneelspelers zijn de spreeuwen, die mij in de jaren dat ik in de Achterhoek woonde dagelijks hebben uitgelachen. Door het aanstekelijke boek *De spreeuw* (2016) van Koos Dijksterhuis heb ik ze nog beter leren kennen.

Het enigszins aangepaste citaat uit *Die deutsche Ideologie* heb ik uit een artikel van Eduard van Scheltinga, 'Filosofie van Marx' (september 2018).

eenvouds verlichte waters komt uit 'ik tracht op poëtische wijze' van Lucebert.

Er zijn maar weinig dingen zeker op aarde: een hond keert terug naar zijn eigen kots, water is nat en vuur brandt is een uitspraak van Rudyard Kipling.

Voor hele en halve citaten (en die zijn er: zoek en herken!) verwijs ik naar mijn website: www.adriaanvandis.nl